ANTIRRACISMOS E SERVIÇO SOCIAL

Dados Internacionais de Catalogação na Publicação (CIP)
(Câmara Brasileira do Livro, SP, Brasil)

Antirracismos e serviço social / (orgs.) Márcia Campos Eurico... [et al.].
- São Paulo : Cortez, 2022.

Vários autores.
Outros organizadores: Maria Liduína de Oliveira e Silva, Rachel Gouveia Passos, Renata Gonçalves
Bibliografia.
ISBN 978-65-5555-314-7

1. Antirracismo 2. Assistência social 3. Negros - Condições sociais 4. Racismo - Brasil 5. Serviço social - Brasil I. Eurico, Márcia Campos. II. Silva, Maria Liduína de Oliveira e. III. Passos, Rachel Gouveia. IV. Gonçalves, Renata.

22-124523 CDD-361.3

Índices para catálogo sistemático:

1. Serviço social 361.3

Cibele Maria Dias - Bibliotecária - CRB-8/9427

Márcia Campos Eurico
Maria Liduína de Oliveira e Silva
Rachel Gouveia Passos
Renata Gonçalves (Orgs.)

ANTIRRACISMOS E SERVIÇO SOCIAL

São Paulo – SP

2022

CORTEZ EDITORA

ANTIRRACISMOS E SERVIÇO SOCIAL
Márcia Campos Eurico, Maria Liduína de Oliveira e Silva, Rachel Gouveia Passos, Renata Gonçalves (Orgs.)

Capa: de Sign Arte Visual
Preparação de originais: Jaci Dantas
Revisão: Alexandra Resende
Editora-assistente: Priscila F. Augusto
Diagramação: Linea Editora
Coordenação editorial: Danilo A. Q. Morales
Direção editorial: Miriam Cortez

Direitos para esta edição
CORTEZ EDITORA
R. Monte Alegre, 1074 — Perdizes
05014-001 — São Paulo-SP
Tel.: +55 11 3864 0111
cortez@cortezeditora.com.br
www.cortezeditora.com.br

Impresso no Brasil – dezembro de 2022

Agradecemos à generosidade do sr. Cortez que, desde o início, aceitou a proposta de publicação do material que resultaria do curso on-line "Movimentos antirracistas, marxismo e Serviço Social". O livro não estava concluído quando o sr. Cortez nos deixou em 2021. A ele todo nosso reconhecimento e gratidão por abrir as portas da editora a temas tão candentes ao Serviço Social.

As organizadoras

A todas e todos que, antes de (e junto a) nós, não mediram esforços para abrir caminhos sólidos com vistas a construir uma densa produção teórico-metodológica e política sobre relações étnico-raciais e lutas antirracistas no seio do Serviço Social. Ubuntu.

Sumário

Prefácio

No momento em que se desenvolve o curso que dá origem à obra *Antirracismos e Serviço Social*, a contaminação e as mortes computadas pela covid-19 mostram que, no percurso desigual da circulação do novo coronavírus sobre a geografia urbana das cidades brasileiras, a sua incidência e letalidade estão diretamente associadas aos locais de moradia para os quais as relações de exploração forjadas no racismo conduziram os(as) trabalhadores(as) negros(as). Colide, portanto, e não por acaso, a letalidade da covid-19 com as desigualdades raciais, próprias da formação social brasileira.

Ao observar os dados do real, percebe-se que não são fatos isolados. Trata-se de fenômenos determinados pelo racismo estrutural possível de ser apreendido no movimento histórico da sociedade brasileira como produto das relações sociais que envolvem relações de classes sociais no processo de produção e reprodução social.

A produção acadêmica, de que ora me ocupo prefaciar, trata as múltiplas determinações do racismo brasileiro, compreendendo-as como inerente à lógica do modo de produção capitalista. Nesse sentido, não há dúvida de que os(as) seus(suas) leitores(as) têm em mãos um fecundo debate sobre o racismo apanhado como "ideologia de dominação e exploração" de classes, cujas marcas particulares expressam-se nas condições desiguais de envelhecimento da população negra; em sua normalização nas práticas institucionais que impactam crianças e adolescentes negros; na discriminação racial da assistência ao período gravídico puerperal de mulheres negras; na interdição do reconhecimento intersubjetivo marcado pela reificação colonial da imagem do negro e sua interiorização.

Prova inconteste da vitalidade da elaboração teórica aqui desenvolvida são as contribuições do feminismo e antirracismo e da disputa, no campo do debate da subjetividade, por um projeto radical que "não reduza o debate a uma perspectiva subjetivista e individualista".

A fecundidade do debate aqui apresentado também se expressa na problematização da "importância da ruptura do feminismo hegemônico no Serviço Social" e na proposição de "uma análise do lugar das mulheres negras na formação social brasileira", considerando as suas lutas e resistências, bem como no argumento da desconstrução da branquitude no combate às desigualdades raciais.

São inúmeras as razões que tornam esta obra imprescindível em um contexto de pandemia da covid-19, que traz como exigência não perder de vista que a exacerbação do racismo e das suas múltiplas expressões são partes das contradições do capital. O(A) leitor(a) esteja certo(a) de que terá elementos para pensar o racismo brasileiro distante das deformações teóricas de tendências conservadoras.

Tereza Cristina Santos Martins
Doutora em Serviço Social pela
Universidade Federal de Pernambuco
Docente da graduação e da pós-graduação
em Serviço Social da UFS

Apresentação: "nossos passos vêm de longe"!

Márcia Campos Eurico
Maria Liduína de Oliveira e Silva
Rachel Gouveia Passos
Renata Gonçalves

A coletânea *Antirracismos e Serviço Social é fruto de um belíssimo trabalho coletivo que envolveu a* Cortez Editora; o Curso de Serviço Social e o Programa de Pós-Graduação em Serviço Social e Políticas Sociais da Universidade Federal de São Paulo, *campus* Baixada Santista; a Coordenação de Capacitação Continuada da Escola de Serviço Social da Universidade Federal do Rio de Janeiro e o Núcleo de Pesquisa Carolina Maria de Jesus, da Faculdade Paulista de Serviço Social. Nós, *Márcia Campos Eurico, Maria Liduína de Oliveira e Silva, Rachel Gouveia Passos e Renata Gonçalves, organizadoras do livro, além de docentes e pesquisadoras, estamos inseridas nos espaços de discussões teórico-metodológicas e políticas acerca da inserção* do debate étnico-racial na formação em Serviço Social numa perspectiva histórico-dialética. A partir dessas preocupações, propusemos o Curso *Movimentos Antirracistas, Marxismo e Serviço Social*, que está na origem desta coletânea.

O Serviço Social brasileiro deu passos significativos a partir dos anos 1980, quando a discussão acerca das relações étnico-raciais, mesmo timidamente, passou a ser problematizada na área. Na década seguinte, esse debate se materializou na revisão do currículo mínimo para a profissão, norteando a concepção e os princípios que fundamentam a formação. Desde então, tornou-se indispensável a introdução do debate da questão étnico-racial no núcleo de fundamentos da formação sócio-histórica da sociedade brasileira. Todavia, a lentidão para aderir a essas orientações, como observou Roseli Rocha (2014), demonstra o quanto o debate ainda precisa avançar.

Mais recentemente, temos observado algumas mudanças com a entrada massiva de jovens estudantes negras(os) nas universidades, sobretudo por meio das políticas de ações afirmativas. No bojo desse processo de ampliação de vagas destinadas a estudantes negros(as), indígenas, quilombolas, população LGBTQIA+ e de escolas públicas, os cursos de Serviço Social também viram alterações importantes no tocante ao perfil de seus/suas discentes. Em sua dissertação de mestrado, Kajali Lima Vitório (2019, p. 24) examinou os aspectos socioeconômicos do Exame Nacional de Desempenho dos Estudantes (ENEM), produzido em 2016, e considerando o relatório síntese da área de Serviço Social, a pesquisadora percebeu que 63,9% das(os) estudantes concluintes de graduação, na modalidade presencial, são negras(os)[1]. É bastante provável que o número de profissionais negras(os), hoje, talvez seja maior que o de profissionais brancas(os). Hipótese que demanda a realização de inúmeras e acuradas pesquisas. E, caso se confirme, estaremos diante de uma realidade bem diferente da última pesquisa publicada sobre o perfil das(os) Assistentes Sociais no Brasil, com a apresentação de uma categoria majoritariamente jovem, feminina, heterossexual, católica, casada, com poucos filhos e,

1. Tendência que é seguida de perto pelo ensino à distância (Vitório, 2019, p. 24).

no que concerne ao pertencimento étnico-racial, com 72,14% das(os) profissionais se autodeclarando brancas(os) (CFESS, 2005).

É preciso enfatizar que a chegada de estudantes negras(os) nos cursos de graduação e pós-graduação em Serviço Social é fruto das intensas lutas e reivindicações do movimento negro que, de forma organizada, reivindicou o acesso à educação, em geral, e ao ensino superior, em específico. Reivindicações que remontam à formação da chamada *Imprensa Negra*[2] e seus primeiros jornais no final do século XIX, passando pela Frente Negra Brasileira — fundada em 1931 — que implementou as primeiras escolas com professores(as) negros(as) destinadas a crianças negras.

O golpe estado-novista de 1937 pôs fim a essa experiência que, só pelo fato de ter professoras negras à frente do projeto de alfabetização, detinha um grande valor simbólico. A ditadura varguista, que foi também o período de ascensão das primeiras escolas de Serviço Social, solapou todas as organizações negras, aliás, "tudo que tinha caráter popular foi reprimido" (Moura, 1980, p. 157). No pós-1945, o Teatro Experimental do Negro (TEN) ocupou um espaço cultural significativo e a alfabetização era parte crucial da formação/preparação de atores e atrizes negros(as), mas o TEN não pretendeu se espraiar pelo território brasileiro, não era uma organização de massas. Apenas nos anos 1950 vimos ressurgir uma organização negra, a Associação Cultural do Negro (ACN), de caráter popular, mas sem conseguir a abrangência nacional (e até internacional)[3] que teve a Frente Negra Brasileira. A Educação foi inserida bem mais tarde, em 1977, quando a ACN, composta quase exclusivamente pela população negra mais precarizada, abriu uma escola que abrigava 30 estudantes, mas, por falta de professoras(es), a proposta foi morrendo, a "entidade foi se

2. Sobre a *Imprensa Negra*, consultar, dentre outros(as) autores(as), Marina Mello (1999; 2005) e Roger Bastide (1973).

3. Em artigo publicado no jornal *Chicago Defender*, da imprensa afro-americana, em 1934, Robert S. Abbott, ao discutir a importância do "intelecto", como único caminho para a liberdade, cita a "ação coletiva de seus 'irmãos' do Brasil: a fundação da Frente Negra Brasileira" (Domingues, 2013, p. 155).

esvaziando, terminando por cerrar as suas portas" (Moura, 1980, p. 159).

A reivindicação do acesso à educação voltou como prioridade na agenda do Movimento Negro Unificado Contra a Discriminação Racial (MNUCDR), posteriormente Movimento Negro Unificado (MNU)[4], responsável por retomar os debates sobre a questão racial, articulando a luta antirracista à agenda da luta de classes. Sob a inspiração do Movimento Panteras Negras, de lideranças como Martin Luther King e Malcom X, e das lutas de libertação na África, o Movimento Negro Unificado passou a incentivar os(as) negros(as) brasileiros(as) a assumirem sua condição racial, despojando o termo *negro* de sua conotação pejorativa e o adotando oficialmente para designar todos(as) os(as) descendentes de africanos(as) escravizados(as) no país. Revestido de nova conotação política, a denominação *negro* passou a ser utilizada com orgulho pelos ativistas, levando à extinção o termo *homem de cor* (Moura, 1980). O Movimento Negro Unificado propunha o enfrentamento à violência policial, a organização nos sindicatos e nos partidos políticos e o acesso à Educação.

Pautas que encontraram eco no projeto ético-profissional, cuja direção política vislumbra o fim da exploração capitalista de classe, da opressão racial e da dominação patriarcal. Movimentações que, aos poucos, estimulam novas pesquisas (da graduação ao pós-doutoramento) sobre a temática e criam espaços de apresentações de seus resultados em seminários, simpósios e congressos. Merece destaque o *I Simpósio Serviço Social e Relações Étnico-Raciais*, que ocorreu entre os dias 15 e 18 de dezembro de 2020, com sede no Programa de Pós-Graduação em Serviço Social e Políticas Sociais da Universidade Federal de São Paulo, *campus* Baixada Santista, e contou com o apoio de outras universidades. Este *I Simpósio* reuniu um número expressivo de intelectuais, pesquisadoras(es), docentes, estudantes, ativistas etc.,

4. Criado em 18 de junho de 1978, num ato público que reuniu mais de três mil pessoas nas escadarias do Teatro Municipal de São Paulo. Ver Gonzalez (1982) e Barbosa (2018).

ministrando ou participando de palestras, apresentando ou assistindo as comunicações de pesquisas, lançando livros etc.

Nos últimos anos, vemos um avanço substancial que está traduzido nas campanhas, manifestos e ações do conjunto CFESS/CRESS no combate ao racismo[5]; no crescimento de fóruns de debates junto às entidades da categoria no que diz respeito à urgência da inserção de disciplinas transversais que, ao longo da formação em Serviço Social, abordem o racismo, o antirracismo, a branquitude, as organizações de mulheres negras, as resistências negras etc.

Uma das evidências do crescimento desse debate no interior do Serviço Social são também as recentes publicações de artigos e dossiês nas principais revistas da área[6], o que certamente contribui "para a formação profissional, bem como para a disseminação de ideias e do olhar crítico da profissão para a realidade na qual está inserida" (Bonifácio *et al.*, 2018, p. 427).

Apesar de todos os esforços, ainda persiste um enorme fosso quando olhamos para o conjunto da produção teórico-metodológica da área sobre as relações étnico-raciais. Fundamentalmente, o Serviço Social continua a olhar para a Europa e a tratar as classes sociais de forma abstrata, sem considerar o racismo e o patriarcado como instrumentos ideológicos de dominação e opressão e, logo, como estruturantes da exploração capitalista de classe. Infelizmente, ainda

5. Ressaltamos a pesquisa organizada pelo Comitê de Combate ao Racismo do Conselho Regional de Serviço Social de São Paulo (CRESS-SP), 9ª região, cujos resultados parciais foram apresentados no *16º Congresso Brasileiro de Assistentes Sociais*. A enquete dialoga com a categoria e, sobretudo, procura dar voz aos(às) "profissionais que sofreram e sofrem racismo nos seus espaços de trabalho, além da reflexão sobre a possível reprodução do racismo institucional em seu cotidiano profissional" (Lira *et al.*, 2019, p. 2).

6. Em 2014, a revista *Temporalis*, lançou dois números, v. 14, n. 27 e v. 14, n. 28, intitulados "Serviço Social, Relações de Exploração/Opressão de Gênero, Raça/Etnia, Geração, Sexualidades". No ano de 2017, a *Ser Social*, v. 19, n. 41, publicou o dossiê "Questão Étnico-Racial, Estado e Classes Sociais". Em 2018, ano que marcou os 130 anos da abolição da escravatura, a *Revista Katálysis*, v. 21, n. 3, publicou o dossiê "Serviço Social: gênero, raça/etnia, gerações e sexualidade"; e, no mesmo ano, o periódico *Serviço Social & Sociedade* dedicou o n. 133 à temática étnico-racial. Em 2020, a *Revista Em Pauta* dedicou os números 45 e 46 ao dossiê intitulado "Questão Étnico-Racial e Antirracismo".

são poucos os cursos de graduação e pós-graduação que inserem em suas matrizes curriculares os estudos sobre as relações étnico-raciais numa perspectiva crítica, impactando sobremaneira a formação dos(as) profissionais e repercutindo diretamente nas expressões do racismo no cotidiano do exercício profissional, como demonstrado pelas pesquisas realizadas por Márcia Eurico (2013; 2020) e pelos estudos de Rachel Gouveia Passos, que há muito chamam a atenção para a necessidade da categoria desmistificar e tirar da invisibilidade o debate sobre o trabalho do cuidado e compreender que "as práticas do cuidado em saúde mental encontram-se atravessadas pelo recorte de classe, gênero, raça/etnia, sexualidade etc." (Passos, 2016, p. 298-299).

O curso *Movimentos Antirracistas, Marxismo e Serviço Social* teve como principal objetivo se somar a esse esforço e fomentar o debate acerca dos movimentos antirracistas na atual conjuntura e examinar sua relação com o Serviço Social brasileiro, a partir de uma leitura marxista da realidade. A produção teórica aqui sistematizada dialoga com os princípios e diretrizes da Associação Brasileira de Ensino e Pesquisa em Serviço Social e se vincula às ações desenvolvidas pela ênfase Relações Étnicos-Raciais e Desigualdades/Antirracismo e Serviço Social do Grupo Temático de Pesquisa (GTP) Serviço Social, Relações de Exploração/Opressão de Gênero, Feminismos, Raça/Etnia e Sexualidades.

A realização do curso, assim como a organização, impressão e possivelmente a distribuição desta coletânea, ocorreram em um momento bastante crítico da realidade brasileira e mundial, alterada substancialmente em virtude da pandemia do novo coronavírus (covid-19), que se iniciou em Wuhan, na China, se espalhou para países europeus e chegou ao Brasil por meio das classes mais abastadas e frequentadoras do eixo Paris-Rio-Milão, com escala no Reino Unido e em São Paulo. Apesar de a viajante ter sido a patroa branca moradora do Alto Leblon, a primeira vítima fatal da covid-19 foi a empregada doméstica negra. A morte dessa trabalhadora diz muito sobre a formação social brasileira, em que permanecem arraigadas as velhas práticas racistas e patriarcais que sustentam a exploração capitalista de classe (Gonçalves; Faustino, 2020).

Desde fevereiro de 2020, a contaminação se proliferou para as periferias das grandes cidades numa velocidade assustadora. Acrescido do fato de que temos sido testemunhas da publicização do discurso do ódio contra parcelas consideráveis da sociedade, com o recrudescimento de práticas conservadoras, com o aumento das múltiplas expressões da violência estrutural e que tem como base de sustentação o reacionarismo, que valida práticas racistas, sexistas, misóginas e lgbtfóbicas. Neste período, cresceu no país a difusão do negacionismo, tendo à frente o Presidente da República, que dispensou a Ciência e as medidas de proteção, duvidou do número de mortes e até das dores de quem perdeu entes queridos. Enquanto isso, mais de duzentas e vinte mil vidas já haviam sido ceifadas no Brasil em janeiro de 2021 — e, diante do crescimento desenfreado do contágio, a tendência é esse número aumentar.

Alguns governadores (num franco confronto com o Planalto), em nome da ciência, mas principalmente do "deus" mercado e da publicidade, adotaram medidas para conter a proliferação do vírus. Outros transformaram suas reduzidas políticas de contenção da propagação do vírus em uma tentativa de carimbar o bilhete que poderá alçá-los ao posto de mais alto dirigente do país. E crescem as cenas de terror, com pessoas morrendo nos hospitais ou em casa (porque não encontram leitos disponíveis), corpos enfileirados para serem enterrados, valas sendo abertas num ritmo que até as empresas fordistas duvidariam, famílias destroçadas por não poderem se despedir de seus entes queridos.

O mundo parou atônito face à covid-19. Enquanto alguns governantes duvidavam da letalidade do vírus (sobretudo Donald Trump, nos Estados Unidos; Boris Johnson, na Inglaterra; Jair Bolsonaro, no Brasil), a pandemia seguiu deixando um rastro de morte. Às pressas, cidades inteiras foram cercadas (ninguém saía nem entrava), comércios foram paralisados, creches foram fechadas, o ensino presencial foi interrompido nas escolas e universidades. O lema que começava a ser disparado era: "Fique em casa!". O confinamento passou a ser, para a maior parte dos países, a principal política pública. Muitos nem notaram (ou fingiram não perceber) que o isolamento social era para poucos, que o confinamento é a tradução do que há de mais desigual no desequilíbrio entre as nações. Talvez no capitalismo sueco seja possível manter todos(as) em casa. Mas o que fazer com a população em situação de rua em países como o Brasil?

O confinamento se tornou a principal ou a única política pública, o que alterou a forma como as atividades acadêmico-científicas eram realizadas. Uma modalidade de comunicação impulsionada nesse período foi a organização de debates por meio das *lives*, com transmissões de conteúdo ao vivo. Contraditoriamente, ao mesmo tempo em que acentuava a precarização de nossas relações de trabalho, essa modalidade também mostrava a importância de se recriar e de construir novas estratégias de comunicação, que poderiam potencializar ações sem abandonar o compromisso com a comunidade.

Foi o que ocorreu com o curso *Movimentos Antirracistas, Marxismo e Serviço Social*, cujas temáticas estabeleceram uma relação entre as esferas da vida cotidiana e a luta antirracista a partir da exposição e debate empreendidos por pesquisadores(as), todos(as) negros(as) especialistas brasileiros(as), acerca das múltiplas determinações do racismo estrutural e institucional na configuração da "questão social" no Brasil. Os temas abordados foram os seguintes:

- Racismo e eugenia na formação social brasileira;
- Saúde da população negra, ênfase na violência obstétrica contra as mulheres;
- Mulheres Negras e a construção de estratégias de resistência;
- O extermínio da população negra e o racismo institucional;
- Branquitude, o valor da brancura e a construção do ser negro;
- Movimentos antirracistas e o Serviço Social no combate ao racismo;
- Sofrimento Psíquico, Saúde Mental e Racismo.

A proposta contou com a participação direta de quatorze intelectuais negros(as) (dois/duas a cada aula) com pesquisas consolidadas sobre as relações étnico-raciais e cujas riquíssimas exposições foram muito bem avaliadas pelo público. Somadas todas as aulas, quase cinquenta mil pessoas já acessaram o curso. Foram ministradas sete aulas, às quartas-feiras, à noite, no período que se estendeu de 8 de julho a 19 de agosto de 2020, por meio da plataforma digital do YouTube da Cortez Editora. Por meio de nossos(as) pesquisadores(as) convidados(as), diferentes instituições se envolveram no processo: Universidade Federal do ABC; Universidade do Estado do Rio de Janeiro; Universidade Federal Fluminense; Faculdade de Medicina de Jundiaí; Universidade Estadual do Sudoeste da Bahia; Universidade Federal de São Paulo; Defensoria Pública do Estado do Rio de Janeiro; Universidade Estadual de Campinas; Universidade Federal de Ouro Preto; Instituto Federal Fluminense; Universidade Federal do Rio de Janeiro. Dentre os(as) que participaram como ouvintes do curso, havia pessoas de quase todas as regiões do Brasil, o que demonstra o grande alcance dessa atividade de formação. A proposta também foi inserida como Atividade Programada no Programa de Pós-Graduação em Serviço Social e Políticas Sociais da Unifesp-BS, sob a coordenação das professoras Maria Liduína de Oliveira e Silva e Renata Gonçalves.

Os encontros expositivos e debates promovidos pelo curso deram, portanto, origem a esta obra, que apresenta a sistematização das informações, perguntas e análises presentes nas diversas aulas. Das comunicações orais, chegamos aos textos escritos por dez palestrantes. A coletânea se divide, portanto, em dez capítulos que seguem a mesma ordem de exposição ao longo do curso.

Weber Lopes é o autor do primeiro capítulo do livro e discorre sobre o racismo e a eugenia na formação social brasileira e apresenta a tese de que o desenvolvimento capitalista brasileiro é distinto dos países de formação clássica e prussiana, pois adotou a *via colonial*, deixando as camadas populares de fora de quaisquer possibilidades de transformações. Para o autor, é preciso conhecer a relação entre racismo, eugenia, contradições de classes e o modo de produção capitalista para que possamos, de forma radical, combatê-los. Ana Paula Procopio da Silva, no segundo capítulo, faz apontamentos fundamentais para a compreensão da gênese do Serviço Social e a relação com os ideais de higienismo, eugenia e racismo. Para a autora, é preciso que a profissão reconheça que é estruturalmente racista, condição *sine qua non* para o combate ao racismo.

A partir da *Live* intitulada "Saúde da população negra, ênfase na violência obstétrica contra as mulheres", foram produzidos dois textos. Um deles, que corresponde ao terceiro capítulo da coletânea, foi escrito pelo professor Alexandre da Silva, que faz uma análise do envelhecimento da população brasileira e observa que a população branca apresenta uma expectativa de vida maior que as pessoas negras, refletindo um racismo que limita grupos sociais de chegar e ultrapassar os 60 anos de idade. O quarto capítulo, de autoria de Jussara Francisca de Assis dos Santos, aborda a saúde da população negra, dando ênfase à violência obstétrica, a partir dos resultados de sua pesquisa de doutorado, em que demonstra que a violência obstétrica ganha contornos complexos ao ser articulada com o racismo, são os corpos das mulheres negras os mais violentados. A autora considera urgente o engajamento do Serviço Social no enfrentamento à violência obstétrica e racial junto com a participação orgânica das mulheres negras que buscam por atendimento nas maternidades.

No quinto capítulo, Márcia Campos Eurico discorre sobre a importância de apreender os impactos do racismo estrutural na infância. A autora considera que já não é mais possível dizer que os(as) assistentes sociais desconhecem a realidade da população, majoritariamente negra, atendida pelo Serviço Social nas diversas políticas públicas. Todavia, perdura um silenciamento decorrente do modo como se organizam as relações sociais no país e da funcionalidade do racismo estrutural para a manutenção dos privilégios do grupo racial branco. Para Eurico, cada vez que os(as) profissionais tratam como periférico algo que é central explicita-se a visão restrita sobre classe social e a crença na igualdade mecanicista.

Núbia Regina Moreira e Renata Gonçalves, nos sexto e sétimo capítulos, respectivamente, apresentam a inserção das mulheres negras na sociedade de classes e examinam suas estratégias de resistências como provedoras das famílias negras, como mobilizadoras da pauta antirracista e, mais, como guardiãs de elementos de africanização da cultura brasileira. Ao historicizar, no sexto capítulo, a constituição do movimento feminista negro, Núbia Moreira adverte que este termo não é consenso no interior dos movimentos de mulheres negras. O feminismo negro, como estratégia político-intelectual, é herdeiro das organizações das mulheres negras inseridas nas redes do movimento negro, blocos culturais, terreiros etc. No sétimo capítulo, Renata Gonçalves estuda o lugar das mulheres negras na gênese do Serviço Social. No processo de mudanças delimitado pela chamada Revolução de 1930, a estrutura de classes sofreu alterações moleculares, inclusive no que tange à interligação com racismo e patriarcado. A esse respeito, examinam-se três momentos: a "conquista" do sufrágio feminino, em 1932; a criação da Frente Negra Brasileira, em 1931; e a profissionalização do Serviço Social. O Serviço Social de hoje, segundo a autora, precisa acertar contas com esse passado e vislumbrar uma formação profissional que (re)conheça o legado de resistência das mulheres negras.

Com a pergunta "Afinal, o que é branquitude?", título do oitavo capítulo da coletânea, Luciana Alves apresenta os debates dos estudos críticos da branquitude, que evidenciam o privilégio branco em diferentes espaços na sociedade. Segundo a autora, no contexto da expansão colonial, foi criado um sistema de significação que atrelou diferenças físicas (a partir da ideia de raça) à posição social, colocando o branco no topo da hierarquia. Desconstruir a branquitude implica desmistificar o delírio da ideia de superioridade branca e, para a autora, trazer criticamente os brancos para o centro do debate.

Na derradeira *Live* do curso, Deivison Faustino e Rachel Gouveia Passos conduziram as exposições e os debates sobre "Sofrimento Psíquico, Saúde Mental e Racismo", que vemos agora expressos nos dois últimos artigos que compõem a coletânea. A partir da análise fanoniana de subjetividade, no capítulo nono, Deivison Faustino discute a alienação do negro sob o colonialismo, que não pode ser compreendida apenas como um problema individual, mas, ao contrário, como resultado de determinações historicamente concretas que retiram do negro a sua humanização. Faustino nos brinda com o diálogo crítico que Frantz Fanon estabelece com a dialética hegeliana, que prevê uma reciprocidade na relação entre o senhor e o escravo. O martinicano, no entanto, argumenta que o *colonialismo* impede essa reciprocidade. Enquanto o escravo hegeliano almeja e luta pela liberdade, o escravo em Fanon, que também quer ser livre, se depara com um mundo onde a brancura é a medida da liberdade, da humanidade e da universalidade. Por fim, no décimo capítulo, Rachel Gouveia Passos elege como ponto central de sua análise o diálogo entre saúde mental e o Serviço Social em uma perspectiva antirracista. A autora parte da identificação do entrelaçamento das bases do manicômio com o racismo reproduzido na sociabilidade capitalista e, na sequência, apresenta elementos da relação entre Serviço Social, saúde mental e luta antirracista, destacando alguns desafios que permeiam o trabalho do(a) Assistente Social.

A luta antirracista é necessariamente coletiva e a atuação profissional dos(as) Assistentes Sociais nas diversas políticas se realiza numa perspectiva interdisciplinar. Nesse sentido, os escritos que ora levamos a público têm a característica de serem produtos da interlocução do Serviço Social com pesquisadores/intelectuais das áreas das Ciências Humanas, bem como de diversas outras em que as teorizações críticas sobre as estruturas e as relações sociais podem vicejar.

Neste momento em que as universidades, em especial os programas de pós-graduação, sofrem com os ataques de viés neoliberal, que impactam a produção do conhecimento, na medida em que "os cortes e contingenciamentos de recursos impostos às universidades e ao setor público atingem suas atividades por inteiro" (Silva *et al.*, 2020, p. 428), esta coletânea chega como um raio de sol nestes dias de turbulência. Ela é a materialização de um grande esforço coletivo que começou muito antes de nós. Dizer que "nossos passos vêm de longe" expressa nosso esforço para dar continuidade aos caminhos trilhados, sobretudo por Assistentes Sociais negras que não desistiram da luta, mesmo quando os ventos sopravam na direção de um cativeiro epistêmico. A elas toda a nossa reverência.

Ubuntu!

Referências

BARBOSA, P. *O movimento negro brasileiro:* da liberdade de autonomia organizativa à institucionalização. Curitiba: Editora CRV, 2018.

BASTIDE, R. A Imprensa Negra do Estado de São Paulo. *In: Estudos afro-brasileiros.* São Paulo: Perspectiva, 1973.

BONIFÁCIO, D; DEUS, S.; VITÓRIO, K. A dimensão étnico-racial na formação e na intervenção dos assistentes sociais: um debate em aberto. *Revista da ABPN,* v. 10, Ed. Especial, Caderno Temático: Letramentos de Reexistência, p. 425-440, 2018.

CFESS. *Assistentes Sociais no Brasil:* elementos para o estudo do perfil profissional. Brasília: CFESS, 2005.

DOMINGUES, P. Como se fosse bumerangue: Frente Negra Brasileira no circuito transatlântico. *Revista Brasileira de Ciências Sociais,* São Paulo, v. 28, n. 81, p. 155-170, 2013.

EURICO, M. C. *Racismo na infância.* São Paulo: Cortez Editora, 2020.

EURICO, M. C. A percepção do assistente social acerca do racismo institucional. *Serviço Social & Sociedade,* São Paulo, n. 114, p. 290-310, 2013.

GONÇALVES, R.; FAUSTINO, D. Racismo e violência patriarcal em tempos de pandemia na cidade do capital. *In:* PAZ, R.; DINIZ, T. (org.). *Serviço Social e trabalho social em habitação:* requisições conservadoras, resistências e proposições. Rio de Janeiro: Mórula, 2020.

LIRA, P.; CAMPOS, D.; SILVA, P.; SANTOS, A.; ARAÚJO, N. Assistentes Sociais no combate ao racismo: resultado de enquete do CRESS (SP). *Anais do 16º Congresso Brasileiro de Assistentes Sociais,* Brasília, v. 16, n. 1, p. 1-12, 2019.

MELLO, M. P. A. *Não somos africanos... somos brasileiros:* povo negro, imigrantismo e identidade paulistana nos discursos da imprensa negra e da imprensa dos imigrantes (1900-1924) — dissensões e interações. Tese (Doutorado em Antropologia Social). Universidade de São Paulo, São Paulo, 2005.

MELLO, M. P. A. *O ressurgir das cinzas:* negros paulistas no pós-abolição, identidade e alteridade na imprensa negra paulista (1915-1923). Dissertação (Mestrado em História Econômica). Universidade de São Paulo, São Paulo, 1999.

MOURA, C. Organizações negras. *In:* SINGER, Paul; BRANT, Vinícius Caldeira (org.). *São Paulo:* o povo em movimento. Petrópolis: Vozes, 1980.

PASSOS, R. G. Trabalho, cuidado e sociabilidade: contribuições marxianas para o debate contemporâneo. *Revista Serviço Social & Sociedade,* São Paulo, n. 126, p. 281-301, 2016.

ROCHA, R. A inserção da temática étnico-racial no processo de formação em Serviço Social e sua relação com a educação antirracista. *In:* ABRAMIDES, M. B.; DURIGHETTO, M. L. (org.). *Movimentos sociais e Serviço Social* — uma relação necessária. São Paulo: Cortez Editora, 2014.

SILVA, M. L. O.; NOZABIELLI, S. R.; RODRIGUES, T. F. Inserção social como função política da universidade: resistências e perspectivas. *Serviço Social & Sociedade, São* Paulo, n. 139, p. 427-439, 2020.

VITÓRIO, K. L. *O debate racial na agenda política do Conselho Federal de Serviço Social (CFESS).* Dissertação (Mestrado em Serviço Social e Políticas Sociais). Universidade Federal de São Paulo, Campus Baixada Santista, Santos, 2019.

CAPÍTULO 1

Racismo e eugenia na formação social brasileira

Weber Lopes Góes

Algumas palavras sobre as *vias de entificação* do modo de produção capitalista

A objetivação do modo de produção capitalista, apesar de ser efetivada de maneira universal, é um processo que deve ser captado em suas especificidades e concreção (Fernandes, 2005). As mudanças, denominadas de *via clássica*, realizadas na Inglaterra e na França em direção à modernidade capitalista, foram desencadeadas devido ao processo revolucionário que permitiu a participação popular nos processos centrais de rupturas com a ordem feudal. A luta entre a burguesia e a aristocracia feudal ocorreu de maneira radicalizada, subvertendo a ordem e consolidando uma organização política e econômica, suplantando o Antigo Regime. Tais transformações possibilitaram uma industrialização capaz de garantir a soberania nacional, um modelo de organização pautado nas igualdades jurídica e política, ainda que no âmbito formal.

No que diz respeito à *via prussiana* (Alemanha e, em linhas gerais, o mesmo pode se dizer da Itália), o processo histórico tem sua particularidade, isto é, as modificações se deram pelo alto, lenta e gradual, ausentes de rupturas de caráter revolucionário. Deu-se com a necessidade da unificação do país e a fragilidade acompanhada com sua burguesia industrial que impediram o rompimento radical com a arcaica burocracia feudal, evitando desencadear tanto um processo popular de caráter revolucionário como a implantação dos liberalismos político e econômico.

Embora o desenvolvimento do capitalismo, denominado de *via prussiana*, tenha sido inverso da *via clássica*, essa especificidade garantiu, no entanto, a acumulação de capitais, uma classe burguesa autônoma e industrial capaz de ir à guerra com potências, como a Inglaterra e França. Esses são os aspectos relevantes, que tornam específica a formação do capitalismo dentro e fora do continente europeu.

No Brasil, o desenvolvimento capitalista é distinto dos países de formação clássica e prussiana, pois se deu pela *via colonial* (Chasin, 1978), não havendo nenhuma "réplica ao desenvolvimento capitalista característico das nações tidas como *centrais* e *hegemônicas*" (Fernandes, 2005, p. 261). Aqui, a inexistência da participação popular está plasmada nas transformações realizadas pelo alto.

É a partir desse traço que se pode identificar que na história brasileira está contida a ausência efetiva de conquistas de baixo para cima. Para ser mais enfático, não se pode afirmar que no Brasil houve uma prática de democracia, isso porque os grupos oligárquicos nacionais assumiram o controle das transformações históricas e alijaram as forças populares de possíveis benefícios sociais. Assim, a burguesia brasileira, cuja gênese assegurou o caráter de dependência ao capital externo, não teve a capacidade de realizar um projeto nacional-democrático de sociedade, resultando numa classe condicionada e inábil para completar suas próprias atividades burguesas.

As debilidades e a formação social (hiper-taria) do Brasil podem ser identificadas na estrutura da organização social forjada a partir da constituição da escravidão, cujos latifundiários escravistas do país, em razão de seu caráter conservador, impediam a formação de opção que possibilitassem desenvolver um capitalismo verdadeiro e autônomo, obstaculizando a completude das relações burguesas nacionais e modernizantes permanecendo dependente do capital estrangeiro; concomitante, se criaram mecanismos de Estado repressivo e violento a fim de estancar as manifestações da classe trabalhadora; *pari passu*, garantiu o convívio de formas senil de produção com as modernas, além de sustentar a concentração de renda nas mãos de poucos e aprofundando a pobreza.

São os indícios acima que nos permitem capturar como o racismo e a eugenia operam no seio da sociedade brasileira, não somente para garantir a dominação de classe, mas manter a natureza atrófica da burguesia brasileira; o racismo e a eugenia tornam-se importantes para impulsionar a superexploração da classe trabalhadora, logo, não há como separar tais componentes da dominação de classe.

Racismo e eugenia como ferramenta de dominação de classe

Partimos do pressuposto de que não tem como conhecer o processo de objetivação do capitalismo, inclusive mundial, descolado da escravização, isto é, a subordinação do africano ao trabalho compulsório e, ao mesmo tempo, o tráfico de africanos foi fundamental para consolidar o capitalismo. Seguindo os passos de Ianni (1988) e Williams (1975), é possível identificar que o capitalismo só pôde ser efetivado porque se utilizou da exploração do trabalho escravizado e o tráfico de africanos. Ao mesmo tempo, a burguesia, para justificar o seu projeto de dominação, formulou argumentações para que os grupos sociais, nesse caso, os africanos, pudessem ser subsumidos.

É nas argumentações criadas pela burguesia que se pode arrancar a ideologia do racismo[1]. Dito de outra maneira, a ideologia do racismo, enquanto aparato político e econômico, serviu para manter a mais de trezentos anos o trabalho escravizado nas Américas. Além do mais, há um elemento importante no qual Williams nos adverte: o capitalismo não nasceu do racismo, pois racismo é consequência do capitalismo. Ou seja, a burguesia, ao empreender a colonização, criou alegações que hoje conhecemos como racismo. Ainda, se quisermos entender como o capitalismo se desenvolveu, só é possível compreendê-lo, inclusive historicamente, a partir da captação de como se deram os saques, roubos, tráfico de seres humanos e trabalho escravizado nas américas. Tais fatores são fundamentais para que o racismo não seja concebido como um atributo "moral", pois o racismo é uma ideologia política que sustenta e amplia o processo de exploração da classe trabalhadora como um todo.

Na mesma direção, o racismo, bem como a escravização, também foi fundamental para a construção do trabalho assalariado, no primeiro momento na Europa, e depois viabilizou o processo de formação do trabalho livre nas sociedades recém-saídas da escravidão. Em suma, não tem como pensar uma sociedade sem racismo sob a égide societária do capital, mesmo que haja cursos "para deixar de ser racista", *coaching* de "como não ser racista" etc. Se o racismo não for capturado enquanto um componente que se manifesta no seio das relações sociais do modo de produção capitalista, a possibilidade de sua superação é praticamente infecunda.

Ainda, é preciso considerar que quando reportamos à realidade brasileira, o racismo se efetiva de forma peculiar em relação a outros países. Primeiro porque as lutas encapadas pelos africanos no Brasil foram inúmeras, desde quando os(as) negros(as) colocaram seus pés aqui no país e se organizaram por meio de quilombos, as irmandades pretas, banditismo, saques etc. Além disso, todos os enfrentamentos

1. Sobre as argumentações criadas pela burguesia colonizadora para submeter os povos africanos ao trabalho compulsório, cf. Góes (2011).

forjados pelos africanos contra a escravidão foram fundamentais para desagregar a ordem escravocrata; os africanos, quando fugiam, criavam quilombos, saqueavam e destruíam plantações, ocasionavam incalculáveis prejuízos aos colonos, sobretudo no âmbito econômico. É nessa quadra que o racismo opera enquanto um elemento fundamental para o capital e nos auxilia a agarrar a natureza do Estado brasileiro.

Igualmente, quem quiser entender o capitalismo brasileiro e qual a sua articulação com o racismo é preciso identificar os aspectos que compõem a classe burguesa no Brasil, pois foram os embates encampados pelos africanos que aflorou o "medo" branco, obrigando as elites a criar uma engrenagem estatal — e jurídica — militarizada. Por essa razão que aqui existe uma tradição antidemocrática devido às lutas dos movimentos sociais, dos trabalhadores escravizados e uma burguesia que precisa ser violenta contra a classe trabalhadora. Assim, a ideologia do racismo é um ingrediente que nos permite entender como se efetivam as lutas de classes.

Outro aspecto que é preciso considerar tem a ver com a contribuição de Karl Marx (1818-1883), em especial, no capítulo XIV — A chamada acumulação primitiva do capital — *O capital* (2013). Nessa seção, Marx apontou os elementos que propiciaram a consolidação do capitalismo, sobretudo, a partir da dissociação entre os trabalhadores e seus instrumentos de trabalho, a expulsão dos camponeses para a formação do trabalho proletariado nas cidades e, concomitante, a colonização, o extermínio dos povos nativos, o tráfico de africanos e sua escravização. O pensador alemão também demonstrou que o modo de produção capitalista é de natureza expansiva. Isto é, para se reproduzir, não pode abdicar o seu caráter expansivo e o seu processo audacioso é constante, responsável pela produção e reprodução do capital, por isso invadir, arrastar, destruir barreiras e açambarcar comunidades. Em suma, o modo de produção capitalista não pode se reproduzir sem expropriação, roubo e morte, pois tais indícios só podem existir ancorados na ideologia do racismo, esse que acompanha o processo de expropriação e apropriação da riqueza social, a partir da exploração do trabalho.

Uma vez explicitada a relação entre racismo e capitalismo é possível concluir que o racismo é uma ideologia que serve de justificação de dominação de uma classe social sobre outra; é uma argumentação ídeo-política que possibilita não somente a hierarquização de indivíduos, embora esteja presente na vida cotidiana, mas tem como cerne assegurar a "superioridade" de uma classe sobre a outra. Em resumo, o racismo é uma expressão dos estranhamentos humanos, por isso, a classe que empreendeu o seu projeto de dominação precisou "tirar" o *status* de *ser humano*, atribuindo aspectos "infra-humanos" àqueles que foram subsumidos ao trabalho compulsório. Nessa direção, como a ideologia da eugenia se insere nesse processo? Para responder tal indagação, é necessário expor, de forma breve, o significado e a história da eugenia.

No final do século XIX, Francis Galton (1822-1911), depois de constatadas as contradições no seio da sociedade inglesa, atribui natureza biológica aos comportamentos humanos. Desse modo, funda a *ciência* eugênica, cuja palavra foi cunhada do inglês *eugenics*, a partir do grego *eugénes*, que significa "bem nascido". O pensador inglês acreditava que a hereditariedade não somente transmitia as feições físicas, como a cor do cabelo e a altura, mas, também, as aptidões mentais, emocionais e criativas (Black, 2003).

O fundador da eugenia utiliza a concepção darwinista de Herbert Spencer (1820-1903) e reivindica a *eugenia* não somente como possibilidade de superar as contradições sociais, mas como elevação da "raça humana" em benefício da sociedade. Não tardou para a ânsia de Galton atingir dimensão internacional, pois, a partir da iniciativa de outros teóricos, as ideias eugênicas ganharam vulto na Europa, EUA, inclusive no continente latino-americano.

No Brasil, após a abolição da escravatura, e a partir da primeira República, as ideias e propostas sobre identidade nacional tornam-se alvos de discussões, principalmente porque as adversidades de grupos sociais que não estavam nos padrões conhecidos e teorizados pelos intelectuais, artistas e cientistas viajantes que estiveram aqui ou que escreveram sobre o Brasil, foram assimiladas e multiplicadas pelos representantes das elites, dos intelectuais[2], cientistas, escritores etc. Além disso, havia a preocupação com um "tipo" de país externo, ou seja, era preciso demonstrar uma nação moderna e "civilizada", visando alcançar o patamar dos países como a Inglaterra e França. Contudo, o *problema* visto pelos eugenistas estaria na composição étnico/racial que, em sua maioria, supera a quantidade de "brancos".

Ainda, as contradições internas, no contexto da Primeira República, inquietavam a classe dominante, como os movimentos sociais, o aumento populacional e os imigrantes que chegavam ao Brasil, oriundos da Ásia e Europa. De modo geral, formou-se uma nova composição na classe trabalhadora e suas diferentes modalidades, desde jornaleiros, domésticas e outros serviços, além do "problema" do abastecimento de água.

Tais aspectos, no entender dos eugenistas, impediam a consolidação da nação, inclusive a delinquência, a prostituição, os desertores do Exército, seja da Marinha ou dos navios estrangeiros, os ciganos, ambulantes, serventes da repartição pública, criados, carroceiros, recebedores de bondes, a figura do capoeira, bicheiros, meninos(as) abandonados etc. (Carvalho, 1996).

O movimento eugenista penetra no Brasil perspectivando um país que deveria ser branco, cristão e civilizado, assim, os médicos, juristas, homens das letras acreditavam que a eugenia seria um modo de organizar a imigração, combater a delinquência, liquidar os *degenerados*, criar uma política de cariz sanitária e "melhorar a raça" por meio do branqueamento, ansiando o progresso do país. Nessa direção, os eugenistas vão ganhar notoriedade no século XX ao intervir concretamente na vida cotidiana, realizando congressos, produzindo livros, teses, para sanar a *questão social*, além de subsidiar o Estado com propostas para transformá-las em políticas governamentais (Diwan, 2007).

Embora os primeiros lampejos referentes às ideias eugênicas cheguem ao Brasil em 1897, sob os ombros do professor Souza

2. A este respeito, cf. Góes (2018).

Lima, membro da Academia Nacional de Medicina, que defendia a normatização, pelo Estado, da aplicação de exames pré-nupciais aos tuberculosos e portadores de sífilis, é na quadra dos anos 1910 e 1920 que as ideias de Galton passaram a influenciar os médicos brasileiros, visto que, no ambiente dos higienistas, proliferavam a ideia de superar a *degeneração moral* e *racial* da população. Nessas condições, alguns defendiam a tese da existência de indivíduos fortes, sadios, virtuosos e, para outros, os principais causadores dos males do mundo eram os fracos, portadores de doenças mentais, imorais, criminosos e preguiçosos.

Em 1914 é defendida a primeira tese sobre eugenia na Faculdade de Medicina do Rio de Janeiro, cujo autor foi Alexandre Tepedino (1914); entretanto, as ideias eugênicas só se tornaram conhecidas pelas elites brasileiras depois da influência de Renato Kehl[3] (1889-1974). A chamada ciência dos *bem-nascidos* chega ao Brasil por seu intermédio, proferindo palestras, criando organizações eugênicas, forjando jornais, escrevendo artigos e livros e outras práticas, colocando-o enquanto expressão de vulto no seio do movimento eugenista brasileiro.

Ombreado com os preceitos de Galton, Kehl classificava a eugenia em três flancos: eugenia positiva, preventiva e negativa. A primeira seria a consolidação e proliferação de uma "raça" pura, livre do contato com outros grupos sociais; a eugenia preventiva seria o impedimento da reprodução daqueles que teriam comportamentos "anormais", os indesejáveis, doentes mentais, prostitutas e delinquentes. Por fim, a eugenia negativa seria prevenir a proliferação dos indivíduos degenerados, cuja esterilização e o extermínio seriam a principal metodologia.

Kehl ainda buscava dissociar eugenia de eugenismo. A primeira concebida como estudo e a elaboração de políticas eugênicas, ao passo que o eugenismo seria a concreção de políticas públicas, como esterilização, encarceramento, limpeza dos espaços públicos, criação de bairros distantes das regiões centrais/comerciais,

3. Sobre a importância de Renato Kehl para o movimento eugenista, cf. Góes (2018) e Diwan (2007).

extermínios etc. Desse modo, os eugenistas apostaram no ideário do branqueamento, visto que o "homem branco", *superior* e *puro,* representava o símbolo de civilidade e do "povo" brasileiro, por meio da miscigenação étnica-racial e o incentivo da imigração estrangeira de indivíduos brancos.

Outro componente que deve ser ressaltado tem a ver com a controvérsia referente ao papel do Estado e das instituições. No horizonte dos eugenistas, a exemplo de Kehl, o Brasil carecia de homens capacitados para exercer funções público-administrativas, assim, defendiam a construção de escolas preparatórias para gerar administradores, munindo-os de conhecimento de biologia; a carência de conhecimento era uma das preocupações centrais para legislar, pois essa tarefa caberia aos homens cultos e providos de desejos patrióticos. Em resumo, os eugenistas miravam um Estado forte e centralizado, tendo em vista que o Brasil não possuía um "povo" homogêneo, havendo a necessidade de uma administração estatal com pessoas capazes de formular políticas eugênicas.

Na mesma direção, os partidários do movimento eugenista almejavam o melhoramento da sociedade brasileira a partir da efetivação de políticas de Estado, ou seja, somente o poder público seria capaz de sanear, higienizar e construir um "povo" puro, limpo e eugenizado. Aos classificados como degenerados seria preciso construir políticas, visando o impedimento da sua reprodução por meio dos métodos de esterilização, criação de espaços para os considerados indesejáveis (os manicômios), o combate à filantropia (visto que os eugenistas acreditavam que a caridade contribuía para a reprodução dos concebidos "desclassificados") e todos os atributos que colaboravam para a pulverização dos "anormais".

É a partir de tais anseios que em 1918 Renato Kehl funda a *Sociedade Eugênica de São Paulo* com a finalidade de promover o estudo e aplicação da eugenia para melhorar a "espécie", propondo leis eugênicas, bem como propagar valores, costumes para as sucessivas gerações, além de viabilizar o desenvolvimento das aptidões físicas e intelectuais/morais dos indivíduos considerados eugênicos; ainda, divulgar entre o público o conhecimento referente à higiene e sobre a eugenia, instituir o exame pré-nupcial e o controle de natalidade enquanto políticas de Estado. No mesmo ano é fundada a *Liga Pró-Saneamento do Brasil (LPSB)*, cinco anos depois se institui a *Liga Brasileira de Higiene Mental (LBHM)*, e dentro desse contexto emerge a *Comissão Central Brasileira de Eugenia (CCBE)*, em 1931. Nesse clima, o movimento eugenista ganha vulto ao ponto de o Brasil realizar o *Primeiro Congresso Brasileiro de Eugenia*, em 1929, e, no mesmo ano, sob iniciativa de Kehl, foi criado o *Boletim de Eugenia*, um veículo de comunicação que tinha como finalidade propagar as ideias sobre eugenia, principalmente aos médicos, gestores públicos, professores, profissionais da saúde e todos os interessados em conhecer a eugenia.

De acordo com o trajeto referente à história da eugenia, de fato, essa proposta de "regeneração" do Brasil expressa a *forma de ser* da burguesia brasileira, que tem seu marco desde o período da escravidão, passando pelas transformações do Brasil Império até a consolidação da República, e perdura na atualidade. Sendo assim, os partidários do movimento eugenista eram favoráveis à conciliação do "novo" com o "velho", mediado pela eugenia, isto é, conservavam os traços de dominação de classe sem favorecer os setores subalternos. Para ser mais preciso, seria assegurar a modernização/industrialização do país, preservando os aspectos conservadores e reacionários; por essa razão, os eugenistas defendiam um Estado *corporativista* e *eugenista*[4].

A esse respeito, um exemplo elucidativo de tal argumentação pode ser constatado nas proposituras de intelectuais, como Oliveira Vianna e Azevedo Amaral. Ambos, para além de justificar a assunção de Getúlio Vargas[5], argumentam que a centralização do Estado seria o único meio para o Brasil implantar suas políticas. Além disso, a relação entre a eugenia e o Estado pode ser abstraída nas propostas de modernização do país, principalmente nos seguintes aspectos: na

4. Para apreender tal argumentação, cf. Góes (2018).

5. É preciso ressaltar que foi no governo de Getúlio Vargas que a eugenia ganhou capilaridade no Brasil, quando elegeu na constituição de 1934 a educação como aporte para a realização da eugenia. Sobre esse assunto, cf. Góes (2018).

composição de um povo brasileiro, no melhoramento da raça, na política de imigração, na criação de espaços para os considerados grupos insignificantes (os doentes mentais e anormais) e na construção de um "tipo de trabalhador".

Não é por acaso que para os eugenistas a consolidação de um padrão nacional de povo seria uma questão de tempo, ou seja, o prognóstico seria o branqueamento do país através de políticas calcadas na eugenia, a exemplo de Batista Lacerda, Oliveira Vianna, Azevedo Amaral e Renato Kehl, para ficarmos nesses. Logo, havia a crença de que os grupos étnicos, em especial negros e nativos, seriam eliminados do país.

Em consequência disso, a forma pela qual foi composta a classe trabalhadora brasileira abre senda para que possamos adentrar na estrutura hierárquica da divisão racial do trabalho. Não bastou distribuir e hierarquizar/racializar os trabalhadores no país, mas, também, era preciso conter e organizar uma força de trabalho que respondesse aos anseios das burguesias brasileiras. Além do mais, embora os descendentes de trabalhadores escravizados fossem colocados nos postos de trabalho de maneira inferiorizada no seio do processo produtivo, ainda foram os primeiros a compor o exército industrial de reserva e incorporados, uma vez que aumentava a demanda da industrialização nascente no país. Foi esse sistema mercantil que se desenvolveu sobre a importação do trabalhador europeu e determinou a exclusão do negro, e do trabalhador nacional de modo geral, de uma "integração como mão de obra capaz de dinamizar o surto de desenvolvimento econômico que surgiu com o *boom* da economia cafeeira" (Moura, 1988, p. 91). Daí a criação dos estereótipos em relação ao negro, tais como "vagabundos", "sem interesse em trabalhar", e tantos outros adjetivos consolidados a partir daí. Assim, e eugenia passa a ser um dos mecanismos fundamentais para organizar a composição da classe trabalhadora brasileira, além de ser um elemento primordial para robustecer o racismo à brasileira resultando na criminalização, extermínio, segregação espacial e outras formas de exclusão do(a) negro(a) no país que pode ser confirmado em nosso atual contexto.

Conclusão

Embora na atualidade o racismo tenha ganhado destaque na sociedade brasileira, a partir das manifestações decorrentes do assassinato de George Floyd nos Estados Unidos da América, porém, não se pode conceber o conceito de "racismo estrutural" sem entendê-lo enquanto uma expressão das relações de dominação de classe. Ou seja, corre-se o risco de acreditar que é possível uma sociedade capitalista "sem racismo", e o modo de produção capitalista não pode abdicar desse para garantir sua reprodução, inclusive das desigualdades sociais e étnico-raciais. Dessa maneira, conhecer a relação entre racismo, eugenia, contradições de classes e o modo de produção capitalista é fundamental para que possamos, de forma radical, combatê-los, tendo como escopo o horizonte de uma sociabilização ausente do racismo e de outras explorações de classe.

Referências

BLACK, E. *A guerra contra os fracos* — A eugenia e a campanha norte-americana para criar uma raça superior. São Paulo: A Girafa Editora, 2003.

CARVALHO, J. M. *Os bestializados* — o Rio de Janeiro e a República que não foi. São Paulo: Companhia das Letras, 1996.

CHASIN, J. *O integralismo de Plínio Salgado:* forma de regressividade no capitalismo hiper-tardio. São Paulo: Ciências Humanas, 1978.

DIWAN, P. *A raça pura* — uma história da eugenia no Brasil e no mundo. São Paulo: Contexto, 2007.

FERNANDES, F. *A revolução burguesa:* Ensaio de interpretação sociológica. São Paulo: Editora Globo, 2005.

GÓES, W. L. *Racismo e eugenia no pensamento conservador brasileiro:* a proposta de povo em Renato Kehl. São Paulo: LiberAres, 2018.

GÓES, W. L. *O pensamento de Arthur de Gobineau no seio do caleidoscópio da ideologia do racismo.* Monografia (Especialização em Ciências Sociais). Centro Universitário Fundação Santo André (CUFSA), Santo André, 2011.

IANNI, O. *Escravidão e racismo.* 2. ed. São Paulo: Hucitec, 1988.

MARX, K. *O Capital:* crítica da economia política. Livro I: o processo de produção do capital. São Paulo: Boitempo, 2013.

MOURA, C. *Dialética radical do Brasil negro.* São Paulo: Anita, 1994.

MOURA, C. *Sociologia do negro brasileiro.* São Paulo: Ática, 1988.

MOURA, C. *Brasil:* as raízes do protesto negro. São Paulo: Global, 1983.

TEPEDINO, A. *Eugenia* — Esboço. Tese (Doutorado) — Faculdade de Medicina do Rio de Janeiro, Rio de Janeiro, 1914.

WILLIAMS, E. *Capitalismo e escravidão.* Rio de Janeiro: Americana, 1975.

CAPÍTULO 2

Higienismo, eugenia e racismo na gênese do Serviço Social brasileiro: apontamentos introdutórios

Ana Paula Procopio da Silva

O debate a partir dos Fundamentos

A identificação dos diálogos que a profissão realiza com o pensamento social em cada época, como incorpora e produz formulações conceituais próprias, como apreende as determinações que definem suas finalidades e explicita suas concepções ético-políticas e teórico-práticas são requisitos analíticos para o entendimento da gênese e institucionalização do serviço social no país. E ao se tratar da realidade brasileira, todos esses dados precisam ser dissecados em suas articulações com práticas racistas e discriminatórias e com a naturalização das diferenças, como desigualdades, elementos estruturais de nossa formação social e histórica.

O contexto a ser trabalhado envolve as profundas transformações societárias situadas no pós-abolição, com a Proclamação da República, a ascenção das teorias racialistas nos anos 1920, e os governos de Getúlio Vargas, de 1930 a 1937, e do Estado Novo até 1945. Precisamente o período em que foram criadas no Brasil as primeiras Escolas de Serviço Social e a institucionalização do seu campo de trabalho no âmbito do Estado.

O aprofundamento analítico acerca do contexto político e social em que ocorre a gênese da profissão colabora para ampliar nosso entendimento de suas dimensões constitutivas, bem como para aprender a relação entre a materialidade de suas ações e sua funcionalidade para o sistema vigente.

O debate teórico-metodológico realizado pela profissão na contemporaneidade, na perspectiva crítico-dialética, nos demanda realizar mediações entre os processos sócio-históricos particulares e as categorias centrais do modo de produção capitalista que compõem o nível da universalidade, cujo sentido é provido pelos componentes concretos da realidade. Nesse sentido, a questão é adensar na análise da profissão à própria realidade brasileira em seus aspectos centrais e dinâmicos. É nessa direção que abordaremos a relação entre racismo, higienismo, eugenia e o serviço social brasileiro.

Higienismo, a eugenia à brasileira: a repercussão das propostas da Liga Brasileira de Higiene Mental (LBHM)

As teorias racialistas tornaram-se, no pós-abolição, um importante substrato ideológico da elite intelectual colonizada. Todo o pensamento sobre raça que vinha da Europa era não somente repetido, mas adaptado tanto às necessidades de manutenção do poder como ao desejo de alcançar para o país uma imagem cada vez mais próxima da europeia branca.

Nos anos 1920 com a instauração de uma república oligárquica que alijava de direitos a massa da população, já estavam bem definidas as condições negativas da cidadania formal para as populações negras. O racismo brasileiro se amalgamou ao pensamento científico de forma a justificar o embranquecimento da nação pela via da miscigenação. Na Europa o racismo transformou-se em força agressiva, cuja expressão radical foi o nazismo na Alemanha. No Brasil ocorreu uma recomposição ideológica na direção de princípios eugênicos impulsionada pela tendência racista-escravista da intelectualidade tradicional.

Eugenia é uma palavra de origem grega que significa "bem nascido" e foi apropriada na segunda metade do século XIX pelo fisiologista inglês Francis Galton, para expressar a ciência do estudo dos fatores socialmente controláveis que poderiam elevar ou rebaixar em termos físicos e mentais as qualidades raciais das gerações futuras.

> Purificar a raça. Aperfeiçoar o homem. Evoluir a cada geração. Se superar. Ser saudável. Ser belo. Ser forte. Todas as afirmativas anteriores estão contidas na concepção de eugenia. Para ser o melhor, o mais apto, o mais adaptado é necessário competir e derrotar o mais fraco pela concorrência. Luta de raças. Para a política, luta de classes. A eugenia moderna nasceu sob essas ideias principais. Uma invenção burguesa gerada na Inglaterra industrial em crise (Diwan, 2007, p. 24).

No Brasil foi introduzida em fins do século XIX e difundidas nas três primeiras décadas do século XX, sendo amplamente apropriada pela medicina e espraiada nas demais profissões da saúde. O seu período de maior divulgação coincide com a organização do mundo do trabalho livre no pós-abolição e com a preocupação da República brasileira em controlar as massas de populações negras trabalhadoras, assalariadas ou não.

Aqui, a solução eugênica travestida como higienismo ofereceu a possibilidade de um controle racial alinhado com a formalidade do contrato social estabelecido pela abolição, o que garantiu ao Estado a justificativa para uma intervenção rígida sobre o grande contingente de indivíduos diagnosticados como inferiores, incapazes para o exercício da liberdade, perigosos, responsáveis por perturbações da ordem e, portanto, do progresso da nação.

O trabalho ideológico realizado pela elite intelectual foi disseminado para toda a sociedade como higienismo, particularmente através da divulgação e das práticas concentradas nas ações da Liga Brasileira de Higiene Mental (LBHM), que congregou nomes influentes da ciência no período. Fundada no Rio de Janeiro, em 1923, com o "objetivo inicial de melhorar a assistência aos doentes mentais através da renovação dos quadros profissionais e dos estabelecimentos psiquiátricos (Costa, 2006, p. 39). Contudo, nas décadas seguintes passa a adotar posições nitidamente eugênicas com a promoção de ideias de arianismo e superioridade racial, justamente as que prevaleceram na Alemanha nazista. Seus membros mais aguerridos defendiam publicamente a esterilização e a segregação de indivíduos diagnosticados como loucos ou desequilibrados, segundo os critérios de sua avaliação, e para pessoas de "raça inferior", notadamente os "não brancos".

A Liga concentrou esforços também na barragem da imigração de indesejáveis, reivindicando que o Brasil deveria adotar rigorosos critérios seletivos, negando a entrada, por exemplo, de africanos negros e asiáticos, sob a alegação de que "já nos bastavam os nordestinos, os híbridos e os planaltinos miscigenados com negros" (Moura, 1994, p. 69).

Tornou-se nos anos 1930 um dos lócus de pensamento eugenista no país constituindo um arcabouço teórico que fundamentou as ideias sobre prevenção e preservação da saúde mental no país. À medida que a ação terapêutica centrou-se cada vez mais numa atuação moral e de caráter profilático, adentrou o terreno do social com ênfase na prescrição de "boas práticas em saúde" para as famílias, especificamente àquelas caracterizadas como desviantes da norma.

Nessa direção, a construção de uma concepção racializada de prevenção em saúde foi construída pelo atrelamento da profilaxia ao julgamento moral do modo de vida de determinados grupos sociais que, não por acaso, eram em sua maioria pobres e negros. As prescrições de modos de vida "adequados" e a correção de comportamentos "patológicos" como estratégia de prevenção e manutenção da saúde tornaram-se hegemônicas e influenciaram os currículos das profissões de contato direto com a população. A eugenia passou de elemento conceitual a objetivo dos programas de higiene mental.

A influência política da LBHM se expressou também na atuação do movimento de higiene mental em diversos setores da sociedade, com seus membros ocupando cargos nas políticas públicas de assistência e no legislativo, mas também pelas parcerias com o Estado em financiamentos públicos para os projetos e através de campanhas junto à imprensa e população em geral para difusão de suas ideias.

A repercussão das ideias higienistas no governo Vargas

Com a ascensão ao poder de Getúlio Vargas (1930-1945), o Estado brasileiro passou a desempenhar um papel cada vez mais centralizador na sociedade, no bojo de uma série de transformações institucionais que alargaram suas atribuições no âmbito das políticas sociais. Foram criados o Ministério do Trabalho, Indústria e Comércio, o Ministério da Educação e Saúde Pública e o Conselho Nacional de Serviço Social que fixou as bases da organização do serviço social em todo o país.

No projeto de nação pautado no aperfeiçoamento humano, a maternidade e a infância tornaram-se alvo da atenção pública juntamente com a ênfase na ideia do trabalho como farol moral para os indivíduos considerados socialmente doentes e para o desenvolvimento do país. A medicina legal foi uma das propulsoras da internalização da valorização do trabalho como condição de regeneração, ou seja, a prescrição do trabalho no tratamento da degeneração social.

> Tanto atuando dentro dos muros das prisões quanto no interior da fábrica, a medicina legal compartilhava e conferia cientificidade à valorização

> do trabalho que impregnava a ideologia e a política do Governo Vargas dos anos 30. A retórica varguista de valorização do trabalho pretendia fornecer suporte ideológico ao reordenamento do mercado do trabalho que se empreendia então sob a direção do Estado [...] Por outro lado, o estigma que deveria desaparecer no trabalhador deveria ser reforçado no "desocupado". Se o trabalho era terapia e regeneração, inversa, mas coerentemente o não trabalho era considerado causa paradigmática do ato antissocial. Por isso, juntamente com o "menor", o chamado "vadio" aparecia como pré-delinquente por excelência (Ferla, 2009, p. 243).

Numa perspectiva de participação orgânica no governo Vargas, as publicações da LBHM passaram a saudar o Estado brasileiro como propulsor de racionalidade e do progresso no país. No Brasil promoveu-se a naturalização e a validação tanto para o Estado como para a população em geral, da relação entre racionalidade/progresso e hierarquização racial. A própria Constituição de 1934 foi marcada pelas intervenções higienistas:

> Art. 138 — Incumbe à União, aos Estados e aos Municípios, nos termos das leis respectivas:
> a) assegurar amparo aos desvalidos, criando serviços especializados e animando os serviços sociais, cuja orientação procurarão coordenar;
> b) estimular a educação eugênica;
> c) amparar a maternidade e a infância;
> d) socorrer as famílias de prole numerosa;
> e) proteger a juventude contra toda exploração, bem como contra o abandono físico, moral e intelectual;
> f) adotar medidas legislativas e administrativas tendentes a restringir a moralidade e a morbidade infantis; e de higiene social, que impeçam a propagação das doenças transmissíveis;
> g) cuidar da higiene mental e incentivar a luta contra os venenos sociais (Brasil, 1934).

Em síntese, a plataforma higienista propunha: combate ao alcoolismo e à sífilis nos adultos "procriadores"; evitar a união conjugal de indivíduos "tarados"; segregação e esterilização dos "degenerados"; criação de clínicas de higiene mental destinadas a indivíduos e famílias para difusão de hábitos sadios de ajustamento social e propagação da educação física, do esporte e outros dispositivos de educação moral, do espírito e da disciplina interior; criação e coordenação de serviços sociais e de proteção da infância e juventude contra o abandono físico, moral e intelectual; fiscalização das diferentes esferas em que se processa a higiene mental da criança, do lar à escola; criação de serviços de organização do processo de trabalho fabril — racionalização do trabalho, criação de códigos sanitários, difusão de ideais de família sadia e moralizada, orientação profissional, seleção de pessoal (identificação dos mais aptos) com vistas ao equilíbrio social, proteção contra ideias comunistas e colaboração com o desenvolvimento nacional; criação de serviços e programas especiais para alcoolismo, drogadição, sífilis e outras doenças venéreas, controle do crime, da prostituição e do jogo (Vasconcelos, 2002, p. 151-153).

A partir de 1937, com o Estado Novo, a incorporação das demandas sociais pelo Estado passou a ter um lugar central também como forma de adesão e de legitimação do caráter repressivo que o governo adotou mais ostensivamente, e, particularmente, as ações de proteção à infância foram incorporadas como políticas governamentais de escopo nacional exigindo a formação de profissionais técnicos habilitados em Puericultura.

A criação do Departamento Nacional da Criança (DNCr) em 1940 é um demarcador na história das políticas de saúde e assistência materno-infantil no país. Contudo, os programas de ação e formação profissional concebidos pelos médicos puericultores hegemônicos dos conteúdos formativos eram fundamentados pelos ideais do pensamento higienista. O enfrentamento da mortalidade infantil e dos problemas caracterizados, como abandono de menores e delinquência juvenil, estava pautado na intervenção em todas as etapas da vida social das populações pobres, com a realização de exames pré-nupciais, acompanhamento da gestação, do parto e do recém-nascido, com o treinamento em preceitos básicos de puericultura, higiene e alimentação para mães e gestantes.

A atenção em puericultura incluía a assistência social às chamadas famílias desamparadas, provendo alimentação, vestimenta e abrigo, intervindo diretamente sobre as populações para promover a alteração de práticas de cuidado e saúde consideradas inadequadas e fatores de atraso ao desenvolvimento dos futuros membros da nação.

Pelo discurso eugênico travestido em princípios de Higiene e Saúde pública, as causas da mortalidade infantil resultariam da "ignorância" e da "pobreza" do povo. Em relação ao binômio abandono familiar e delinquência, os puericultores tinham uma leitura alinhada com as elaborações do meio jurídico sobre a "desintegração" da família. As ações conjugavam um caráter preventivista centrado na educação e na assistência com o objetivo de regulação da rotina familiar e planos de intervenção nos locais "propícios ao desajustamento" com a construção de parques infantis e a implementação de políticas de saúde e assistência social em favelas e cortiços nas áreas urbanas e malocas nas áreas rurais (Silva, 2011).

A influência do higienismo na gênese da formação e profissionalização do Serviço Social brasileiro

O contexto histórico e político em que foram institucionalizados os serviços sociais no âmbito do Estado e abertas as primeiras escolas de Serviço Social é marcado pela influência política e ideológica do movimento de higiene mental. O arcabouço teórico-ideológico desse movimento participa na formação e profissionalização das primeiras assistentes sociais brasileiras nos anos 1930 e 1940. Por outro lado, a pobreza da classe trabalhadora, de maioria negra, passou a ser considerada pelo Estado um problema de ordem moral passível de atendimento pela via da orientação social e do aconselhamento.

Vasconcelos (2002) encontra no conteúdo formativo das primeiras escolas de Serviço Social, no Rio de Janeiro (Curso de Serviço Social da Escola de Enfermagem Anna Nery — atual Escola de Serviço Social da Universidade Federal do Rio de Janeiro) e em São Paulo (Escola de Serviço Social do CEAS), dentre outras, disciplinas de Higiene, Higiene mental e Puericultura. No quadro a seguir destacamos a ocorrência destas nos currículos e agregamos as informações da Escola técnica de Assistência Social Cecy Dodsworth (atual Faculdade de Serviço Social da Universidade do Estado do Rio de Janeiro).

Quadro 1 — Disciplinas de higiene e puericultura nos primeiros cursos de Serviço Social

	1º ano	2º ano	3º ano
Centro de Estudos e Ação Social — São Paulo, 1936	Higiene	Higiene pré-natal Puericultura Higiene mental Higiene do trabalho	
Serviço Social da Escola de Enfermagem Anna Nery — Rio de Janeiro, 1940	Higiene Higiene mental Puericultura	Puericultura Higiene escolar Higiene mental	Puericultura Higiene escolar Higiene mental
Curso de Serviço Social da Escola técnica de Assistência Social Cecy Dodsworth — Rio de Janeiro, 1944	Higiene	Higiene mental Puericultura	

Fonte: VASCONCELOS, E. M. O movimento de higiene mental e a emergência do Serviço Social no Brasil e no Rio de Janeiro. *In: Saúde mental e Serviço Social*: o desafio da subjetividade e da interdisciplinaridade. São Paulo: Cortez, 2002, p. 127-180; PINHEIRO, M. E. *Serviço Social.* Uma interpretação do pioneirismo no Rio de Janeiro. Rio de Janeiro: Edições Uerj, 1985.

Em todos os cursos está presente a instrumentalização das futuras profissionais com os conteúdos de Higiene e os cuidados adequados com as crianças pela via da Puericultura. Uma relação expressa por Pinheiro:

> A Sociedade Brasileira de Higiene, fundada em 1923, do aspecto de educação individual e coletiva, abria caminho ao Serviço Social. Preocupava-se com os bons hábitos de vida higiênica e colocava em foco as deficiências do sistema alimentar; preconizava soluções para o problema da urbanização, engenharia sanitária, visava em 1º lugar evitar as

> doenças de massas, como haviam feito Oswaldo Cruz, Carlos Chagas e outros higienistas (1985, p. 47).

O movimento higienista remonta ao ano de 1829, quando médicos da Santa Casa de Misericórdia do Rio de Janeiro criaram a primeira sociedade médica que,

> [...] formatou-se como conhecimento e intervenção política no corpo social por meio de prescrições intervencionistas no organismo humano. Cuidar era preciso, civilizar era necessário, higienizar se fez imprescindível e a modernização e o progresso seriam os resultados colhidos. Pensando assim, além de higienizar e curar corpos individuais, foi necessário atuar nas saúdes das cidades. Desse modo, os discursos médicos revelaram modelos de conhecimento sobre a estrutura das doenças aliados a propostas intervencionistas de cunho saneador, que pretendiam organizar os espaços urbanos: residências, indústrias, cemitérios, escolas, entre outros (Larocca, 2009, p. 84).

No decorrer da metade do século XIX e início do século XX, a Higiene como disciplina no campo da Biologia educacional se consolidou e legitimou através do discurso médico. A Biologia educacional foi institucionalizada no Brasil na década de 1930 idealizada por um grupo de médicos envolvidos com a educação e partidários da disseminação de práticas profiláticas, sanitárias e higiênicas para salvar o país do atraso. Inspirados nos médicos higienistas franceses para a elaboração de propostas de intervenção regeneradoras a partir da educação. Higiene e instrução tornaram-se ferramentas da missão civilizatória de formar cidadãos de mente e corpo sadios.

A medicalização da sociedade e a cultura da higienização foram sendo inseridas e consolidadas através da prescrição de formas civilizadas de viver e das regras adequadas de conduta para as famílias e a sociedade. A Higiene como estratégia de legitimação do discurso médico foi alçada a uma perspectiva pedagógica, um corpo de princípios para formar profissionais interventivos tanto no corpo físico como no corpo social da população brasileira. Porém, quais segmentos da sociedade eram prioritários no processo de higienização e se tornaram também o público de atenção do serviço social?

> As fontes de trabalho dos assalariados não oferecendo condições de higiene e moradia, tornou-se um grave problema o aparecimento e crescimento das favelas. Não cabe aqui um estudo da ação sanitária e da medicina social; desejamos, apenas, focalizar ambas como campo, também de atividades das Instituições Sociais, como o foram para as enfermeiras (Pinheiro, 1985, p. 47).

Na década de 1920, os movimentos higienista e eugênico se superpõem com a adesão de membros do primeiro ao segundo, indicando a configuração de higienismo eugênico que se constituiu no Brasil. Conforme Luz (1982) *apud* Larocca (2009, p. 154), essa relação fica explícita no 2º Congresso Brasileiro de Higiene (1924) em que passou a ser enfatizado o "patriotismo da ação higienista e seu caráter técnico de intervenção na realidade social, com aproximações aos conceitos eugênicos de melhoria da raça" (*ibid.*).

Em relação ao caráter dos conteúdos de Higiene, Higiene mental e Puericultura nos primeiros cursos de Serviço Social, reconhecemos a necessidade do aprofundamento das pesquisas nos programas e conteúdos curriculares uma análise do quanto a imbricação entre higienismo e eugenia esteve presente na formação das primeiras assistentes sociais. Uma outra pista a ser seguida são as produções intelectuais dos professores que compunham os quadros docentes, como o médico José Paranhos Fontenelle, autor do *Compendio de Hygiene* (1918), que foi docente do Curso de Serviço Social da Escola Técnica de Assistência Social Cecy Dodsworth e tinha preocupações com a qualidade racial brasileira em razão do tipo ideal de imigrantes para o desenvolvimento nacional.

> Um paiz immenso e de baixa população não pode dispensar de considerar com muito cuidado a necessidade de attrahir immigrantes de

> boa qualidade, para poder occupar e explorar todo o território que lhe coube na partilha do solo terrestre entre as differentes nações. A immigração apresenta múltiplos problemas de hygiene, o mais importante dos quaes deve ser o das raças, si se tem em vista fazer a população do paiz tender a certa uniformidade ethnica. Por isso, tem as mais lamentáveis conseqüências o systema de deixar entrar, como immigrantes, em nosso paiz, cujo povo nasceu do hybridismo do portuguez, do negro e do índio, todas as raças e todas as nacionalidades da terra. Quanto mais afastados estão ethinicamente os indivíduos mais heterogêneos serão os descendentes que deles provirão, de modo que a futura raça do Brasil apresenta-se cheia de preocupações para quem queira considerar tal questão (Fontenele *apud* Vaz; Fuck, 2016, p. 331).

Reconhecer o racismo no passado para enfrentá-lo no presente

Marques Jr. (2013) destaca que o serviço social desde seus primórdios atuava a partir de marcadores raciais, visto que, nos inquéritos sociais realizados pela assistente social pioneira Maria Esolina Pinheiro, constava o dado cor na descrição dos "menores infratores", demonstrando que "a profissão fazia uma avaliação de seus casos também, baseada na categoria 'raça', apenas esse não era um conceito levado para a discussão profissional enquanto elemento de sua prática" (2013, p. 23). O que pode também ser evidenciado em sua análise sobre a abolição, a condição dos negros e a importância dos serviços de atendimento a crianças e adolescentes abandonados e tidos como delinquentes.

> A desarticulação importará a anulação da obra: todo o trabalho ficará perdido. [...]. Quando, em 13 de Maio de 1988 (*sic*), a princesa Izabel assinou a Lei Áurea, existiam em nosso país 723.419 escravos. Para alcançar essa vitória, que perpetuou o nome da Redentora no coração dos brasileiros, a Nação inteira se movimentou; levantaram-se os partidos; durante anos o Parlamento viveu agitado; a grande maioria

> da imprensa bateu-se com denodo pela libertação dos escravos. Não poderemos permanecer impassíveis, de braços cruzados, ante a sorte de milhões de brasileiros, ainda na infância ou em plena mocidade, que vivem algemados à miséria e à doença e que, desamparados, caminharão para um cativeiro muito mais humilhante: o crime e o cárcere (Pinheiro, 1985, p. 70-71).

As aproximações acerca da incorporação do Serviço Social como profissão na divisão social e técnica do trabalho, na particularidade histórica da sociedade capitalista brasileira, nos anos 1930 e 1940, nos faz supor que tenha como uma de suas bases de fundamentação o higienismo eivado de eugenia, que nos arriscamos a chamar de higienismo eugênico. É preciso, então, rever a partir de constructos teórico-críticos racializados os nossos fundamentos de origem e, ao mesmo tempo, a intrínseca relação entre questão racial e questão social no país.

O significado social da profissão que começou a ser elucidado criticamente a partir do movimento que inicia na década de 1960 com a Reconceituação, tem seu aprofundamento nos processos políticos do final dos anos 1970, com o Congresso Brasileiro de Assistentes Sociais de 1979, e ao longo dos anos 1980 e 1990 com a reforma curricular de 1982, o Código de ética de 1986, a Lei de Regulamentação da profissão, em 1993, e o Código de ética de 1993.

Nesse bojo, as múltiplas determinações e expressões da questão social — como exploração do trabalho pelo capital e apropriação privada da riqueza socialmente produzida — foram incorporadas como a matéria-prima da ação profissional e tornaram-se objeto também do ensino, da pesquisa e da extensão. O Serviço Social passou a ser entendido no quadro das relações entre as classes sociais e destas com o Estado. O trabalho da/o assistente social passou a ser interpretado como processo, no interior de processos mais amplos, que se transforma ao se modificarem as condições e as relações nas quais está inscrita/o.

O movimento em curso, de rompimento com o paradigma conservador, tem sido demandado a incorporar as contribuições do pensamento antirracista, em formulação desde os anos 1980 por professoras e assistentes sociais negras, como Magali da Silva Almeida, Elisabeth Pinto, Mabel Assis, e tantas outras. A inserção de professoras negras, assistentes sociais e pesquisadoras de relações raciais é um fator impulsionador do incremento de pesquisas sobre o tema, bem com a entrada de estudantes negras(os) nos cursos das Universidades públicas através da reserva de vagas pelas ações afirmativas.

No âmbito da Associação Brasileira de Ensino e Pesquisa em Serviço Social (ABEPSS), a criação do GTP Serviço Social, Relações de exploração/opressão de gênero, raça/etnia, geração, sexualidades, no XV Encontro Nacional de Pesquisadoras/es em Serviço Social, realizado em 2016 tem colaborado para a ampliação das pesquisas e inclusão das relações étnico-raciais na formação.

A Campanha de Gestão (2017-2020) do Conjunto CFESS-CRESS, Assistentes Sociais no Combate ao Racismo tem exigido rever conceitos e comportamentos no sentido de admitir que para combater o racismo precisamos reconhecer que a profissão, assim como o restante da sociedade brasileira, é estruturalmente racista. E que a manutenção do racismo e sua materialização está nos próprios impeditivos de enxergá-lo no interior do trabalho profissional na atualidade.

Referências

COSTA, J. F. *História da psiquiatria no Brasil:* um corte ideológico. Rio de Janeiro: Garamond, 2006.

DIWAN, P. *Raça Pura.* Uma história da eugenia no Brasil e no mundo. São Paulo: Contexto, 2007.

FERLA, L. *Feios, sujos e malvados sob medida:* a utopia médica do biodeterminismo, São Paulo (1920-1945). São Paulo: Alameda, 2009.

LAROCCA, L. M. *Higienizar, cuidar e civilizar*: o discurso médico para a Escola Paranaense (1886-1947). Tese (Doutorado) — Universidade Federal do Paraná, Curitiba, 2009.

MARQUES JR., J. S. Questão racial e Serviço Social: um olhar sobre sua produção teórica antes e depois de Durban. *Libertas*, Juiz de Fora, v. 13, n. 1, 2013.

MOURA, C. A dinâmica político-ideológica do racismo no novo contexto internacional. *São Paulo em perspectiva*, São Paulo, v. 8, n. 3, 1994.

PINHEIRO, M. E. *Serviço Social*. Uma interpretação do pioneirismo no Rio de Janeiro. Rio de Janeiro: Edições UERJ, 1985.

SILVA, R. O Laboratório de Biologia Infantil, 1935-1941: da medicina legal à assistência social. *História, Ciências, Saúde*, Manguinhos, v. 18, n. 4, p. 1111-1130, 2011.

VASCONCELOS, E. M. *Saúde mental e Serviço Social:* o desafio da subjetividade e da interdisciplinaridade. São Paulo: Cortez Editora, 2002.

VAZ, A. F.; FUCK, L. B. Higiene do corpo e higiene da mente: algumas raízes da psiquiatrização da educação no Brasil. *Projeto História*, São Paulo, n. 55, p. 327-354, 2016.

CAPÍTULO 3

A população negra e o seu envelhecimento: idosas negras e idosos negros na busca por mais visibilidade

Alexandre da Silva

Introdução

Não é de hoje que o Brasil vem envelhecendo e também se percebendo mais negro, a partir das autodeclarações relatadas ao Instituto Brasileiro de Geografia e Estatística (IBGE) que mostra, sistematicamente, a redução de pessoas que se autodeclaravam brancas e que agora se identificam mais como negras, isto é, pessoas pretas e pardas. Uma das hipóteses é o maior conhecimento da identidade negra e, consequentemente, da maior presença da cultura e tantos outros componentes afro-brasileiros, indígenas e africanos em nosso cotidiano, trazendo novas narrativas que buscam valorizar a identidade negra brasileira. Falamos agora, em 2020, da importância de se colocar na academia e em nosso cotidiano epistemologias que apresentam de forma digna conceitos voltados para o enaltecimento do povo negro, propondo mais diversidade e, como sociedade, nos permitimos falar das desigualdades que estruturam ainda nossa sociedade e, dentre as diversas causas, falar sobre o racismo e todas as suas formas.

Por outro lado, na perspectiva demográfica, o Brasil envelhece rapidamente e pessoas idosas sentem os impactos dessa condição inevitável e, para muitos, prazerosa e ainda repleta de possibilidades, crescimento pessoal, financeiro e usufruto de lazer e bem-estar. Mas quem, de fato, vem envelhecendo no Brasil?

Figura 1 — Pirâmide etária da população residente de cor branca, segundo faixas etárias selecionadas e sexo, Brasil, 2008 (em % da população) (Paixão *et al.*, 2010).

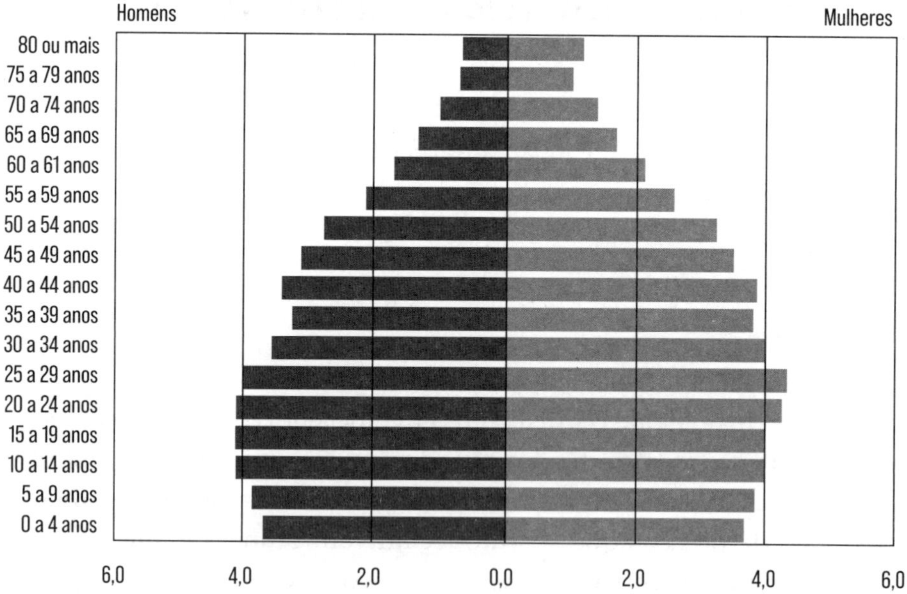

Fonte: IBGE, microdados PNAD
Tabulações LAESER: Fichário das Desigualdades Raciais

Figura 2 — Pirâmide etária da população residente de cor preta ou parda, segundo faixas etárias selecionadas e sexo, Brasil, 2008 (em % da população) (Paixão *et al.*, 2010).

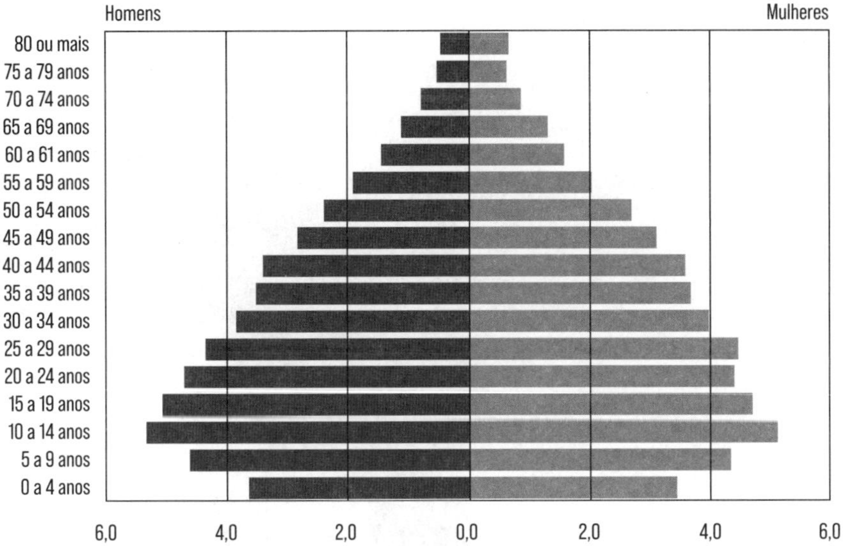

Fonte: IBGE, microdados PNAD
Tabulações LAESER: Fichário das Desigualdades Raciais

Nas duas figuras anteriores (Figuras 1 e 2) nota-se que a população branca apresenta uma expectativa de vida maior que as pessoas negras, o que mostra o envelhecimento no Brasil, em 2008, maior para as pessoas brancas. De lá para cá, ainda que se observe um aumento das condições de vida em geral, ainda não foi suficiente para igualar as condições para o envelhecimento entre pessoas negras quando comparadas às brancas, refletindo um racismo que limita grupos sociais de chegar e ultrapassar os 60 anos de idade, seja em número ou na qualidade desse envelhecimento. Mas se envelhecemos mais e enegrecemos mais enquanto sociedade, por que ainda não se ouve muito sobre as condições de vida de pessoas idosas negras? Na análise dos dois mapas a seguir (Figura 3) percebe-se que nem sempre onde se envelhece é onde se encontra mais pessoas negras. E isso é um problema, já que em termos de saúde pública, o envelhecimento também é decorrente das ações do Estado, o qual permitiu que parte da sociedade chegasse e ultrapassasse os 60 anos de vida.

Figura 3 — (A) Índice de Envelhecimento do Brasil, e (B) Distribuição da população preta e parda do Brasil, segundo dados do Censo de 2010.

A Índice de envelhecimento

Fonte: IBGE, Censo Demográfico 2010.

B Distribuição espacial da população preta e parda

Fonte: IBGE. Disponível em: https://geoftp.ibge.gov.br/cartas_e_mapas/mapas_do_brasil/sociedade_e_economia/mapas_murais/brasil_pretos_pardos_2010.pdf. Acesso em: 15 set. 2022

Tais mapas (Figura 3) mostram que a população mais envelhecida não é necessariamente a população negra, pois não se observa a sobreposição dos mapas quanto aos maiores índices de envelhecimento e mais população negra presente em um determinado território. Assim, o envelhecimento da população negra é marcado pelas condições quanto ao modo de viver que estruturam um determinado estado, município ou bairro. Muitos pesquisadores brasileiros e também estrangeiros apontam para as condições de vida que estão disponíveis nos territórios negros (Barber *et al.*, 2018; Cunha Jr.; Ramos, 2011; Jesus, 2020). Sabemos que há a sensação de pertencimento que é muito importante para qualquer pessoa, entretanto, nesses territórios as condições para uso e acesso de bens e serviços, sejam públicos ou privados, são piores se comparados a locais onde a presença de população negra é menor. Essa situação pode definir "quem tem o direito de envelhecer e como". Para ilustrar essa condição, as figuras a seguir (Figuras 4 e 5) mostram onde a população negra, que reside no município de São Paulo, está localizada (mais nas periferias), e qual é a média de idade dos óbitos nesses distritos periféricos.

Nos distritos não periféricos a média de idade ao morrer se aproxima dos 80 anos. Assim, nota-se o impacto da pouca efetividade das políticas e ações realizadas dentro de um mesmo munícipio, mas que não permite que o envelhecimento da população negra seja igual ao da população branca, desrespeitando o direito de cidadania ao permitir efeitos de uma necropolítica dentro de um mesmo município, onde há a mesma gestão, mas parte da população idosa vive bem, de acordo com os princípios da Política para o Envelhecimento Ativo, cujos pilares são: saúde, aprendizagem ao longo da vida, participação, segurança e proteção (Kalache; Voelcker; Plouffe, 2015), enquanto outra parte ainda precisa atravessar barreiras para chegar aos 60 anos.

Economicamente, envelhecer é fugir da lógica de funcionamento do capitalismo, ainda mais se considerarmos as condições de trabalho e leis trabalhistas quase desumanas e injustas que boa parte da população brasileira recebe para buscar renda suficiente para suas despesas diárias. Dessa forma, todas as pessoas velhas começam a

Figura 4 — Distribuição da população idosa negra no município de São Paulo, segundo dados do Censo, 2010.

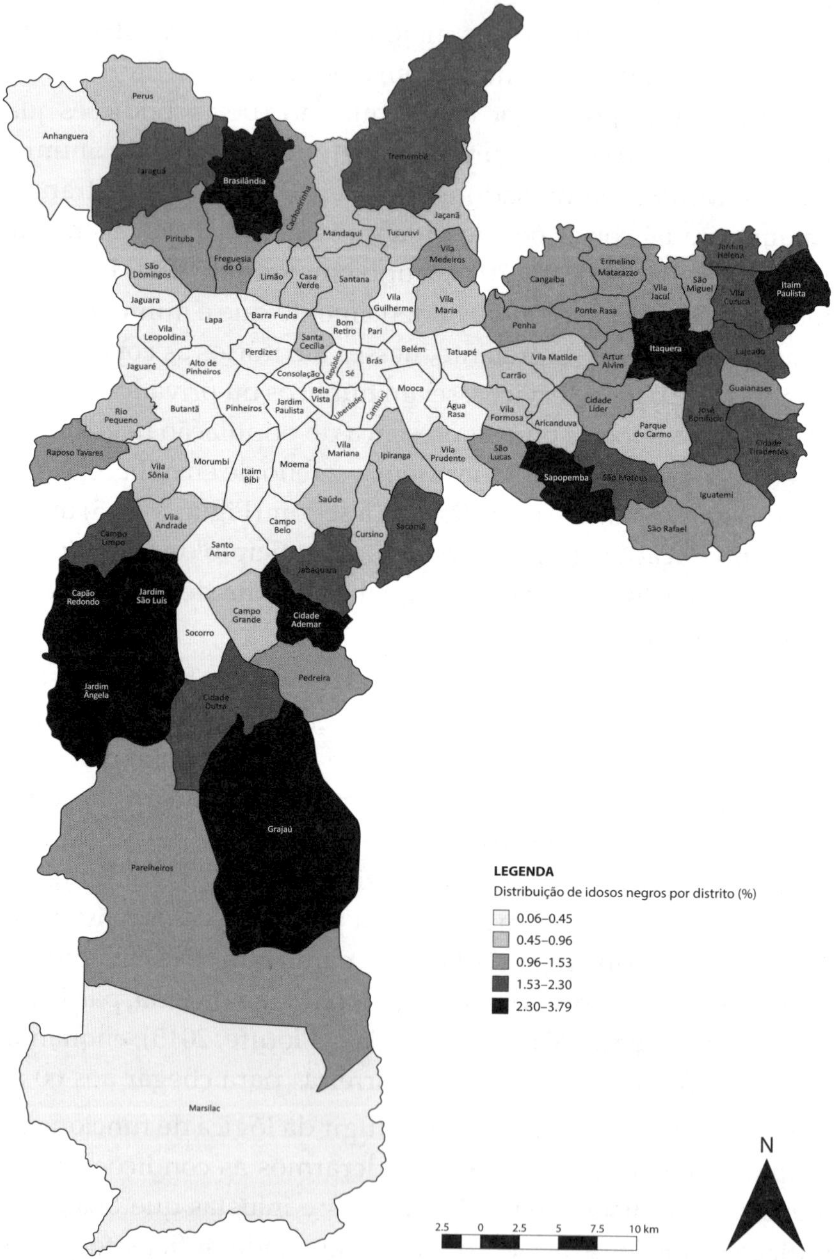

Elaboração: Igor Valvassori e Alexandre da Silva.

Figura 5 — Distribuição das menores médias de idade ao morrer de idosos residentes no município de São Paulo, de acordo com os distritos, 2010.

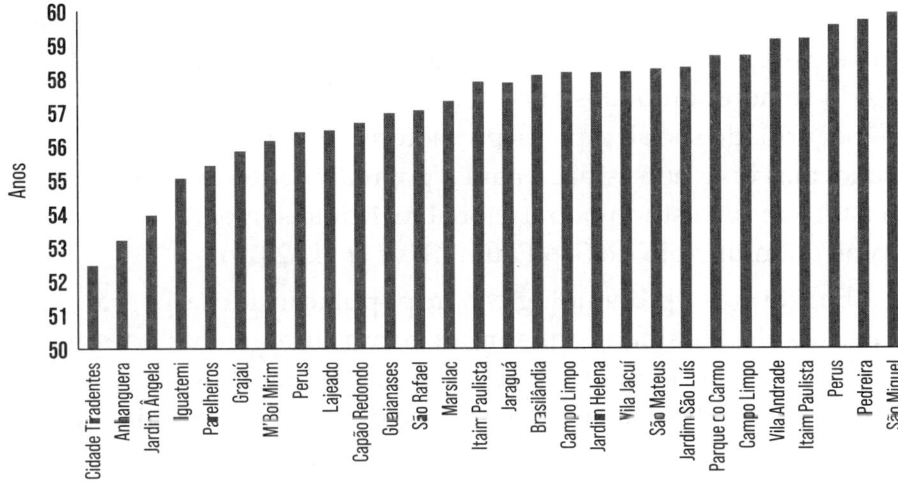

Fonte: Estes dados são da Secretaria Municipal de Saúde (SMS) /Sistema de Informação sobre Mortalidade (SIM)/ Programa de Aprimoramento das Informações de Mortalidade no Município de São Paulo (Pro-Aim).

Elaboração: Alexandre da Silva e Igor Valvassori.

ser preteridas no mercado de trabalho e passam a depender mais das aposentadorias e pensões. Diante das vigentes regras trabalhistas e analisando os dados apresentados aqui, a possibilidade de envelhecer bem para as pessoas negras fica bastante prejudicada, dificultando a busca pelo bem-estar que passa, necessariamente, em ter uma boa saúde (ainda que com algumas doenças ou limitações funcionais), boa moradia, segurança e um propósito de vida, não apenas a subsistência que aguarda a finitude de vida. É permitido, e é um direito, aos idosos negros os mesmos sonhos e expectativas que idosos brancos ainda possuem.

Quanto ao envelhecimento da população brasileira, pode estar ocorrendo também uma desvalorização do culto a ancestralidade tão presente em diversas gerações das populações africanas, afro-brasileiras e indígenas. Há uma nova lógica criada em razão do lucro e do "descarte" do que é velho. Velho pode ser sinônimo de algo que não serve mais. E, quando associamos o velho e ser negro, a sociedade encontra uma grande dificuldade para valorizar e respeitar a cidadania desse sujeito e de seu grupo social, os quais enfrentaram tantas barreiras, muitas delas construídas em razão da omissão do Estado como iniquidades para o acesso à educação, bons trabalhos, boa seguridade social, espaços promotores de saúde e lazer (que não é luxo, mas uma necessidade para a população idosa negra), como já relatado em um estudo populacional realizado somente com pessoas idosas do município do São Paulo (Silva *et al.*, 2019).

Em termos epidemiológicos, a população idosa negra ainda apresenta desigualdades que influenciam diretamente a forma de adoecer, receber cuidado ou buscar saúde. São fatores socioeconômicos que retratam sua determinação social construída a partir das vivências do racismo (em todas as suas fases da vida), do machismo, do etarismo (a discriminação contra a pessoa idosa), do capacitismo (a discriminação contra a pessoa que possui algum tipo de deficiência) e da segregação residencial. Todos esses fatores repercutem, de forma muito injusta, na vida de quem se aproxima dos 60 anos, causando danos e mortes em fases ainda precoces da vida de pessoas negras.

A pessoa idosa negra no Brasil ainda sofre pelas violências cometidas dentro e fora de casa. Dados dos primeiros meses de pandemia apontam que a violência contra a pessoa idosa quintuplicou e, dadas as condições de baixa escolaridade da pessoa idosa negra, é provável que muitas estejam sofrendo caladas, sob ameaça de familiares, sob a pressão de ceder seus benefícios previdenciários e submetidas a agressões físicas. Fora de casa, outras violências também os acometem. Um caso trágico ocorreu dentro de um hospital no Rio Grande do Sul, quando um senhor idoso negro, acompanhando sua esposa doente, foi considerado culpado por um celular que havia sumido. A esposa sentiu-se tão mal com o fato que acabou morrendo ali mesmo, de nervoso, angústia, raiva, enfim, dos efeitos catastróficos do racismo.[1]

---

1. Disponível em: https://www.pragmatismopolitico.com.br/2020/04/idoso-negro-hospital-gravatai-rs-esposa.html. Acesso em: 19 ago. 2020.

Em tempos de pandemia da covid-19, ouviu-se muito de que a população idosa era o "fator de risco" para toda a sociedade. Países já envelhecidos, ou seja, com uma proporção elevada de idosos, tiveram muitas mortes, mas a preocupação no Brasil e de outros países pareceu sempre focada na economia, no lucro, na redução do déficit. Milton Santos, em sua obra *Por uma outra globalização*, escreveu:

> [...] a globalização mata a noção de solidariedade, devolve o homem à condição primitiva do cada um por si e, como se voltássemos a ser animais da selva, reduz as noções de moralidade pública e particular a um quase nada (Santos, 2000).

No meio da pandemia da covid-19, presenciamos as manifestações de racismo, colonialismo, patriarcado, etarismo ainda maiores se comparados a períodos anteriores. Em muitas dessas situações havia a presença de grupos específicos de pessoas idosas:

- A idosa doméstica que foi trabalhar para manter sua família com o mínimo de renda possível, e a família de sua patroa ou patrão mais protegidos e bem alimentados;
- As pessoas idosas quilombolas que se viram em maior insegurança alimentar, pois faltou água e alimento;
- Os idosos negros privados de liberdade que estavam sendo ameaçados de passar parte de sua pena em contêineres;
- Os idosos em situação de rua e também aqueles que trabalham com reciclagem que viram na rua sua maior exposição à contaminação pela covid-19, fosse pela falta de banheiros limpos, máscaras, álcool em gel, alimentos e objetos contaminados.

Faltou pensar em como os serviços públicos de saúde e de assistência social poderiam garantir as mesmas possibilidades de isolamento e distanciamento social permitido para idosos brancos. Sobraram situações de iniquidades raciais em tempo de covid-19 e faltou maior coesão nacional, fortalecimento das instituições que defendem a pessoa idosa e também a população negra (Santos *et al.*, 2020). Faltou a ação de proteção e monitoramento do Sistema Único de Saúde (SUS) para um grupo que, por esse acúmulo de múltiplas discriminações, era o grupo mais velho, de pele escura e com comorbidades. Não sabemos o resultado dessa omissão e talvez ainda demoremos muito para saber, pois foi a omissão dos dados, a falta de transparência da maioria dos boletins epidemiológicos que invisibilizaram ainda mais o impacto da covid-19 na população idosa negra.

Chegar a envelhecer no Brasil é enfrentar diversas barreiras em busca da dignidade para viver. Entidades internacionais, como o Banco Mundial e a Organização das Nações Unidas para a Alimentação e a Agricultura (FAO) destacaram o retorno do Brasil ao mapa da fome e, em 2020, mais de 14 milhões de pessoas (7% da população brasileira) não consumiam a quantidade recomendada de calorias. Isso, refletindo sobre as desigualdades raciais presentes no país, aponta para mais pessoas negras envelhecendo mal e sendo acometidas por doenças e agravos crônicos à saúde, como diabetes, hpertensão arterial e obesidade em fases mais precoces se comparadas às pessoas brancas, gerando problemas fisiopatológicos que abreviam a vida da população negra. A insegurança alimentar de que falamos e a pandemia da covid-19 só teve aceleração em razão do aumento do desemprego, de pessoas desalentadas e dificuldade para o acesso ao auxílio emergencial.

A invisibilidade da população idosa negra precisa deixar de existir e, no âmbito político, cabe às políticas públicas criadas, seja para a população negra, seja para a população idosa, contribuírem para essa visibilidade. Nas áreas da saúde e da assistência social é necessário reforçar as ações de combate ao racismo e etarismo, valorizando a vida das pessoas idosas negras e tornando muitos territórios negros locais promotores de saúde, em seu sentido mais amplo e enquanto direito, que sempre foi e está em nossa Constituição. Quanto ao trabalho, aprendizagem ao longo da vida, lazer e vida social, mais oportunidades precisam ser abertas, com respeito à diversidade que define a população idosa brasileira, incluindo o resgate de valores culturais que enaltecem a ancestralidade e o respeito. O empoderamento da pessoa idosa negra, enquanto cidadã deste país, precisa dessas convergências de ações.

Referências

BARBER, S. *et al.* At the Intersection of Place, Race, and Health in Brazil: Residential Segregation and Cardio-metabolic Risk Factors in the Brazilian Longitudinal Study of Adult Health (ELSA-Brasil). *Social Science and Medicine,* v. 199, p. 67-76, 2018.

CUNHA JR., H.; RAMOS, M. E. R. Territórios de maioria afrodescendente: segregação urbana, cultura e produção da pobreza da população negra nas cidades brasileiras. *Revista Desenvolvimento Social,* v. S.I., n. abr., 2011.

JESUS, V. DE. Racializando o olhar (sociológico) sobre a saúde ambiental em saneamento da população negra: um *continuum* colonial chamado racismo ambiental. *Saúde e Sociedade,* v. 29, n. 2, p. 1-15, 2020.

KALACHE, A.; VOELCKER, I.; PLOUFFE, L. *Envelhecimento ativo:* um Marco Político em Resposta à Revolução da Longevidade. Rio de Janeiro: [s.n.], 2015.

PAIXÃO, M. *et al. Relatório Anual das Desigualdades Raciais no Brasil:* 2009-2010. Constituição Cidadã, seguridade social e seus efeitos sobre as assimetrias de cor ou raça. p. 1-292, 2010.

SANTOS, M. *Por uma outra globalização:* do pensamento único à consciência universal. 6. ed. Rio de Janeiro: [s.n.], 2000.

SANTOS, M. P. A. *et al.* População negra e covid-19: reflexões sobre racismo e saúde. *Estudos Avançados,* v. 34, n. 99, p. 225-244, ago. 2020.

SILVA, A. *et al.* Iniquidades raciais e envelhecimento: análise da coorte 2010 do Estudo Saúde, Bem-Estar e Envelhecimento (SABE). *Revista Brasileira de Epidemiologia,* v. 21, n. suppl 2, 4 fev. 2019.

CAPÍTULO 4

Saúde da População Negra: ênfase na violência obstétrica

Jussara Francisca de Assis dos Santos

Introdução

Este escrito resulta de participação no *Curso Live Movimentos Antirracistas, Marxismo e Serviço Social* sobre o tema Saúde da População Negra: ênfase na violência obstétrica, ocorrido em 15 de julho de 2020. Gostaríamos de registrar agradecimentos pelo convite às mentoras desse projeto tão importante: Professoras Márcia Campos Eurico, Rachel Gouveia Passos, Renata Gonçalves e Maria Liduína de Oliveira e Silva. Tal iniciativa coaduna com o fato de que o debate étnico-racial no interior do Serviço Social tem alcançado a posição devida. É cada vez mais premente a indissociabilidade entre as dimensões de classe, raça e gênero e o quanto essa compreensão é fundamental para qualificar o fazer profissional de assistentes sociais, mas não só. Considerar os sujeitos sociais em sua integralidade é tarefa para todas as áreas de conhecimento, já que classe, gênero e raça atravessam a vida social, determinando desfechos complexos entre os diversos grupos sociais. Logo, estamos honradas em participar e poder contribuir para que ações antirracistas sejam cada vez mais sistemáticas nos variados espaços sócio-ocupacionais, onde assistentes sociais se fazem presentes, sobretudo, num momento de crise sanitária causada pela pandemia do novo coronavírus (covid-19), aliada às crises econômica e política as quais o Brasil atravessa. É sabido que o saldo negativo dessa equação tem sido a agudização da miséria e o risco de desfaçatez da vida mais presentes entre negras e negros devido à histórica desigualdade social e racial no país.

Nossas contribuições têm como ponto de partida os resultados encontrados na pesquisa realizada para a confecção da tese de doutorado *Enfrentamento à Violência Obstétrica contra Mulheres Negras numa maternidade pública municipal do Rio de Janeiro na perspectiva de gestoras (es) e profissionais de saúde*, defendida em 2019, na Escola de Serviço Social da Universidade Federal do Rio de Janeiro (Santos, 2019). O tema em relação à maternidade de mulheres negras foi resgatado a partir de estudos realizados em 2009, ocasião de defesa do título de Especialista em Saúde e Serviço Social pela Universidade do Estado do Rio de Janeiro (UERJ). Na época, questionei os motivos pelos quais a mortalidade materna não era alvo de interesse por parte do Serviço Social e das Ciências Sociais, a despeito dos altos números que evidenciavam o impacto das mortes obstétricas para as mulheres negras. O estudo demonstrou que a existência de iniciativas importantes, como a Política Nacional de Atenção Integral à Saúde da Mulher (2004), o Pacto Nacional de Redução da Mortalidade Materna e Neonatal (2004) e o Programa de Humanização no Pré-natal e Nascimento (2002), não eram tomados como base de estudos no que diz respeito à situação das mulheres negras. De maneira específica destaquei a Política Nacional de Saúde Integral da População Negra (2006/2009) e o documento Perspectiva da Equidade no Pacto Nacional pela Redução da Mortalidade Materna e Neonatal: Atenção à Saúde das Mulheres Negras (2005) que, de maneira idêntica aos demais marcos legais, não foram identificados como objetos de análise e enfrentamento aos altos índices de mortalidade materna que atingem as mulheres negras três vezes mais do que mulheres brancas.

Na tese de doutorado realizamos o resgate desta discussão, tomando como centro a violência obstétrica, entendida como violência de gênero. Partimos do princípio de que a violência obstétrica ganha contornos complexos ao ser articulada com o racismo. Dito de outro modo, o fenômeno violência obstétrica, entendida como apropriação do corpo das mulheres e de seus processos reprodutivos por profissionais de saúde, se manifesta de forma mais profunda a partir das hierarquias de raça/cor, classe e gênero estabelecidas, estruturalmente, na sociedade brasileira.

> A violência institucional na atenção obstétrica, também chamada de violência obstétrica, é a violência cometida contra a mulher grávida e sua família em serviços de saúde durante a assistência ao pré-natal, parto, pós-parto, cesárea e abortamento. Pode ser verbal, física, psicológica ou mesmo sexual e se expressa de diversas maneiras explícitas ou veladas (Rede Parto do Princípio, 2014).

Expressões muito comuns de serem proferidas durante os atendimentos às mulheres na hora do parto, tais como: "Ano que vem você está de volta" e "Na hora de fazer você não chorou" tem como destino, majoritariamente, os corpos das mulheres negras, demonstrando os efeitos em torno do imaginário hiperssexualizador em torno destes corpos. Nakano (2015) afirma que um componente seminal da violência nas práticas assistenciais no Brasil é a cultura sexista, machista e patriarcal associada à falta de reconhecimento, pelos serviços de saúde, dos direitos das mulheres à sua expressão sexual, integridade corporal, condição de pessoa, autonomia e não discriminação. Estes achados suscitam o questionamento de como as mulheres negras são vistas na assistência ao período gravídico puerperal, já que seus corpos sempre estiveram no centro dos estereótipos sexuais e reprodutivos desta sociedade.

Violência obstétrica se refere, também, ao abuso da medicalização, patologização dos processos naturais em torno do parir, além da ínfima chance das mulheres decidirem sobre seus corpos e sexualidades. As contradições em relação às mulheres negras merecem destaque, já que se por um lado o excesso de medicalização é questionado, por outro, para as mulheres negras, geralmente, a medicalização, sobretudo a analgesia, é uma prática pouco recorrente. O ideário de que mulheres negras não sentem dor ou não são merecedoras de alívio da dor durante o parto encontra permeabilidade institucional devida a crença de que este grupo de mulheres é mais forte. Outra contradição em torno da categoria violência obstétrica diz respeito à pouca autonomia no que tange a escolha das vias de parto. Guardados os créditos para parcela do movimento feminista que reivindica a liberdade sobre os corpos femininos e, neste contexto, a escolha de como os bebês virão ao mundo (parto na banheira, parto domiciliar, parto vaginal sem ou com poucas intervenções) defendemos a ideia de que para as mulheres negras o que está em jogo é a garantida do acesso à assistência obstétrica de maneira qualitativa e digna onde sejam garantidas suas vidas e as vidas de seus rebentos.

Nossa tese de doutorado (Santos, 2019) baseou-se em estudo de caso de uma maternidade localizada em uma Área Programática de saúde (AP), onde a mortalidade materna foi a mais elevada no ano de 2016, considerando o município do Rio de Janeiro. A pesquisa foi de caráter qualitativo onde foram realizadas 15 entrevistas com gestoras e profissionais de saúde das áreas de Enfermagem, Medicina e Serviço Social com o objetivo de identificar os enfrentamentos à violência obstétrica contra mulheres negras numa maternidade pública municipal do Rio de Janeiro na perspectiva de gestores e profissionais de saúde. A pesquisa foi aprovada pelos Comitês de Ética em Pesquisa da UFRJ e da Secretaria Municipal de Saúde do Rio de Janeiro (SMS-RJ).

Racismo e suas incidências institucionais

As assimetrias raciais presentes nas relações sociais brasileiras são escamoteadas pelo imaginário da harmonia racial. É fato que, no Brasil, não houve um sistema jurídico de segregação racial concretizado como ocorrido nos Estados Unidos da América e África do Sul.

No entanto, a ausência de preceitos legais não impede a existência de desigualdades sociais baseadas na raça/cor dos sujeitos e nem a discriminação de fato.

A suposta democracia racial brasileira possibilita a crença de que o racismo no Brasil não existe, sendo as desigualdades socioeconômicas aquelas que determinariam a estratificação social e as possíveis imobilidades sociais das pessoas. Todavia, o racismo no Brasil opera como definidor das realizações profissionais e pessoais, sendo um elemento que não pode deixar de ser considerado quando analisadas as iniquidades sociais na saúde. Ao falar de iniquidades em saúde estamos nos referindo às desigualdades impostas aos sujeitos de maneira estrutural e persistente, materializadas por práticas injustas e desfavoráveis. Neste sentido, cabe indagarmos sobre o número de mortes maternas que ocorrem de forma mais intensa em relação às mulheres negras brasileiras.

Com o objetivo de identificar fatores associados à avaliação das mulheres quanto a relação profissionais de saúde/parturiente e como esses fatores influenciam a satisfação com o atendimento ao parto, a pesquisa intitulada "Desigualdades sociais e satisfação das mulheres com o atendimento ao parto no Brasil: estudo nacional de base hospitalar" (D'Orsi *et al.*, 2014) revelou que a cor da pele das entrevistadas foi associada à pior avaliação do tempo de espera até ser atendida e menos privacidade nos exames. Quanto ao trabalho de parto, as pesquisadoras identificaram menores níveis de respeito e maior relato de violência dirigidos às mulheres pretas e pardas.

> A questão racial permeia todo o sistema de saúde. A situação das mulheres negras é muito mais séria e gritante. O que faz com que mulheres negras sofram mais violência e sejam submetidas a mais intervenções e menos cuidados é o racismo e o mito da mucama, de que a mulher negra é forte, de que aguenta dor e sofrimento. A partir desse mito, o processo de assistência dessas mulheres acaba por expô-las a maior risco, aumentando a mortalidade materna (Silva, 2019, p. 3).

A partir de uma perspectiva de totalidade é necessário dizer que o racismo precisa ser entendido através das dimensões políticas, sociais, econômicas, jurídicas e filosóficas, ou seja, como um processo histórico e estrutural.

> [...] o racismo é uma decorrência da própria estrutura social, ou seja, do modo "normal" com que se constituem as relações políticas, econômicas, jurídicas e até familiares, não sendo uma patologia social e nem um desarranjo institucional. O racismo é estrutural. Comportamentos individuais e processos institucionais são derivados de uma sociedade cujo racismo é regra e não exceção. O racismo é parte de um processo social que "ocorre pelas costas dos indivíduos e lhes parece legado pela tradição. Nesse caso, além de medidas que coíbam o racismo individual e institucionalmente, torna-se imperativo refletir sobre mudanças profundas nas relações sociais, políticas e econômicas" [grifos do autor] (Almeida, 2018, p. 38-39).

Parte-se do entendimento de que a formação social brasileira, baseada no sistema patriarcal, patrimonial, machista e escravista, é o pilar que conforma as relações sociais, resultando em privilégios para grupos hegemônicos e dominantes. Neste contexto o Racismo Institucional deve ser entendido a partir do Racismo Estrutural. De acordo com Eurico (2013), o comportamento que indica a materialização do racismo institucional refere-se ao não oferecimento de serviço adequado e qualificado aos sujeitos em razão da sua origem étnico-racial, raça/cor ou cultura. Logo, o Racismo Institucional:

> [...] se expressa no acesso à escola, ao mercado de trabalho, na criação e implantação de políticas públicas que desconsideram as especificidades raciais e na reprodução de práticas discriminatórias arraigadas nas instituições (Eurico, 2013, p. 299).

Portanto, afirmamos que a atenção à saúde da população brasileira, especialmente no âmbito do Sistema Único de Saúde (SUS), não está imune a tal fenômeno, já que tem refletidas em seu cotidiano as determinações políticas, econômicas, sociais e culturais de nossa sociedade.

Cruz e Faria (2017), ao pesquisarem as causas de óbito mais frequentes que incidiram em mulheres brancas (grupo hegemônico) e negras (grupo vulnerável) no Estado do Rio de Janeiro, no ano de 2015, constataram que:

> No contexto do sexismo institucional, a população de mulheres não recebe a devida atenção pela área de saúde fora do período perinatal e, com a sobreposição da ideologia opressiva que é o racismo institucional, as mulheres negras, no caso, têm o risco de nem na fase de idade reprodutiva receber o cuidado de saúde conforme preconiza a base de evidência científica (Cruz; Faria, 2017, p. 1).

A partir destas constatações que demonstram a materialização do racismo institucional, as autoras sugerem a promoção do cuidado de saúde centrado na pessoa e isento de viés racial, de classe e gênero. Tal proposta visa contribuir para uma cultura institucional que iniba discriminações para a melhor assistência obstétrica.

Maternidade ressignificada: o movimento de mulheres negras na luta pela saúde reprodutiva

Ao considerar a Política Nacional de Saúde Integral da População Negra (PNSIPN) como um dos parâmetros de gestão e atuação para o Sistema Único de Saúde (SUS), outras formas de compreender e intervir sobre a maternidade serão possíveis. Sob essa perspectiva é importante refletir sobre a maternidade das mulheres negras, já que a partir da formação social brasileira, percebe-se que a maternidade negra é impactada pelas desigualdades estruturais.

A maternidade possui muitas faces. Entretanto, a partir do ideal burguês de família, a maternidade é tida como um instinto, uma tendência inata feminina (Badinter, 1985). O papel de protetora e de divina mãe é imposto às mulheres para que seja possível a reprodução da sociabilidade capitalista. Contraditoriamente, observa-se que ao longo da formação da sociedade brasileira este ideário insiste em distanciar a mulher negra da condição de cuidadora e protetora de sua prole. Conforme Almeida (2018):

> As análises sobre a sociabilidade das famílias brasileiras e de seus membros que viveram a escravidão na condição de cativos foram fundamentadas em concepções moralmente direcionadas ao "fracasso" ou qualificadas como "desestruturadas" ou "irregulares", com isso desconsiderando o peso nefasto dessa experiência histórica para os africanos e seus descendentes (Almeida, 2018, p. 10).

Para a autora ainda permanece a concepção moral, cunhada na escravidão e reforçada pelas teorias raciais do século XIX, de que as famílias negras são, naturalmente, desprovidas de condição humana. "O preconceito e as práticas racistas discriminatórias são reatualizadas insistentemente no cotidiano das relações sociais reificando estruturas de dominação/opressão dos negros e negras" (Almeida, 2018, p. 10).

A criminalização da maternidade negra é verbalizada, sem constrangimentos, por chefes de governo, como ocorrido em 2007. Na época o então governador do estado do Rio de Janeiro defendeu a legalização do aborto como forma de diminuição da violência urbana. Em suas declarações afirmou: "Tem tudo a ver com violência. Você pega o número de filhos por mãe na Lagoa Rodrigo de Freitas, Tijuca, Méier e Copacabana, é padrão sueco. Agora, pega na Rocinha. É padrão Zâmbia, Gabão. Isso é uma fábrica de produzir marginal" (Freire, 2007).

Neste contexto, é preciso trazer à tona o conceito de interseccionalidade:

> [...] interseccionalidade tem como objetivo dar instrumentalidade teórico-metodológica a inseparabilidade estrutural do racismo, capitalismo e cisheteropatriarcado — produtores de avenidas identitárias onde as mulheres

> negras são repetidas vezes atingidas pelo cruzamento e sobreposição de gênero, raça e classe, modernos aparatos coloniais (Akotirene, 2018, p. 10).

A autora chama atenção para o caráter político e representativo do conceito de interseccionalidade para as mulheres negras, tanto do Brasil quanto do mundo. O termo é responsável por demarcar o paradigma teórico e metodológico da tradição feminista negra ao promover ações políticas e entendimentos jurídicos sobre as formas estruturais do racismo, sexismo e violências múltiplas que incidem sobre as mulheres negras em suas singularidades. Segundo Akotirene (2018), o padrão colonial moderno produz racismos e sexismo institucionais que vão de encontro às identidades forjadas pela interação das estruturas. Os resultados do colonialismo moderno atravessam os expedientes do direito moderno, discriminando a dignidade humana e às leis antidiscriminação.

> [...] a interseccionalidade impede reducionismos da política de identidade — elucida as articulações das estruturas modernas coloniais que tonam a identidade vulnerável, investigando contextos das colisões e fluxos entre estruturas, frequência e tipos de discriminações interseccionais (Akotirene, 2018, p. 54).

O movimento de mulheres negras no Brasil chama a atenção para a necessidade de combater o racismo e as hierarquias de gênero mediados pela desigualdade socioeconômica de modo que este grupo pudesse contar com mecanismos específicos e palpáveis de superação das desigualdades sociais. Além disso, a presença de ativistas negras na academia possibilitou a produção teórica onde visualiza-se a denúncia à falsa democracia racial, visibilizando os problemas sociais típicos da população negra.

Os desafios impostos à luta política das mulheres no Brasil estão em curso. Dentre eles está a busca por formas de desenvolver intervenções e proteções coletivas que possibilitem os direitos humanos para as mulheres negras, especialmente diante da atual conjuntura de desmonte de direitos sociais. Uma das possibilidades reside na compreensão e apreensão de como a interseccionalidade pode contribuir para a integração dos chamados fragmentos. Não se trata de considerar os variados grupos, inclusive o de mulheres negras, de forma polarizada, mas entender que tais grupos são os mais sujeitos à complexa desigualdade estrutural histórica neste país.

O que tem o Serviço Social a ver com movimentos feministas e antirracistas no contexto da violência obstétrica?

A Resolução n. 218/1997 do Conselho Nacional de Saúde legitima Assistentes Sociais como profissionais de saúde. Entende-se que cabe às (aos) assistentes sociais a intervenção diante de demandas sociais que envolvem as gestantes e que influenciam a trajetória do período gravídico puerperal. Dentre tais objetivos, entende-se que a questão racial, interseccionada às dimensões de classe e gênero, produzem uma complexidade ímpar às condições de vida de grande parte das mulheres negras.

Para a realização da tese foram entrevistadas três assistentes sociais, e aquela que estava há mais tempo na maternidade foi considerada gestora. Todas se declararam pertencentes ao sexo feminino. A faixa etária das assistentes sociais, na época, foi classificada entre 42 e 59 anos. Todas as entrevistadas são naturais do estado do Rio de Janeiro. Duas assistentes sociais se autodeclararam negras e uma branca.

As profissionais tiveram sua formação superior em universidades públicas. O tempo de formação variou entre dezenove e vinte e dois anos. Todas as assistentes sociais possuíam pós-graduação *lato sensu* (especializações) na área da saúde. No momento da pesquisa, as entrevistadas não estavam matriculadas em iniciativas de formação permanente ou continuada. Não havia iniciativas mais sólidas por parte daquela unidade de saúde, sobretudo de temas que contemplassem a saúde da população negra.

De acordo com as entrevistadas, a atuação do Serviço Social na maternidade estudada divide seus atendimentos entre as enfermarias, alojamentos conjuntos mãe/bebê, demandas espontâneas e unidade neonatal. Esta última é responsável pela assistência aos prematuros, em sua maioria, que apresentam alto risco. Quanto ao atendimento realizado junto ao pré-parto, as profissionais informaram que as intervenções ocorrem de maneira esporádica. Segundo a profissional mais antiga, o Serviço Social é solicitado "por algum conflito, alguma situação". Citou que a prioridade é dada aos casos envolvendo adolescentes em situação de drogadição e saídas à revelia das mães, onde a motivação majoritária é a necessidade de cuidar de outros filhos.

A interpretação de sentidos foi utilizada como metodologia para apreensão e análise dos recursos utilizados pelas profissionais, tendo em vista a intervenção diante de possíveis casos de violência obstétrica. Objetivou-se encontrar indícios de articulação da Política Nacional de Saúde Integral da População Negra (PNSIPN) na assistência ao parto e ao puerpério. Verificou-se que durante a intervenção profissional as mulheres usuárias daquela maternidade revelavam situações que envolviam práticas ocorridas no momento do atendimento naquela unidade de saúde, tais como a manobra de Kristeller (empurrar a barriga para a saída do bebê) ou a clássica frase: "Na hora de fazer não chorou". As orientações realizadas pelo Serviço Social indicavam apenas a realização de notificação em ouvidoria. No entanto, as mulheres revelavam seus receios, já que utilizam aquele serviço sempre que necessitavam. Diante disso, não foram verificadas outras intervenções, como a indicação da Defensoria Pública ou do Ministério Público que tem investido no combate e este tipo de violência, ou mesmo os Conselhos Profissionais das profissões envolvidas com a violação de direitos das mulheres assistidas. As assistentes sociais revelaram que aquela maternidade atende, majoritariamente, mulheres negras, sendo a PNSIPN de conhecimento das profissionais entrevistadas, contudo, não foi observada sua articulação à intervenção profissional, como a educação em saúde no que tange os direitos sexuais e reprodutivos, como acesso aos métodos contraceptivos não definitivos. Cabe ressaltar que a dimensão de classe se mostrou sobreposta à dimensão racial no relato das assistentes sociais.

Considerações finais

Promulgada em 2009, a PNSIPN é tida como uma resposta às desigualdades em saúde que acometem a população negra e o reconhecimento de que suas condições de vida resultam de injustos processos sociais, culturais e econômicos presentes na história do país.

Os resultados dos estudos realizados na tese revelaram o certo distanciamento do Serviço Social e a este marco legal importante e aos movimentos sociais de mulheres negras dada sua centralidade na luta pela saúde reprodutiva dessas mulheres. É importante dizer que as análises feitas não partem de uma perspectiva a-histórica e acrítica da realidade. Considera-se que o enfrentamento à violência obstétrica e racial deve se realizar a partir de uma dinâmica estrutural e concreta onde as ações individuais sejam norteadas por uma perspectiva dialética em que fatores sociais, econômicos, políticos e históricos façam parte do cotidiano reflexivo e de trabalho de gestoras e profissionais de saúde, que são, igualmente, determinados por tais fatores.

O Serviço Social brasileiro é considerado referência no que diz respeito ao caráter ético e político nas lutas em defesa da classe trabalhadora. Neste contexto, não há como falar de classe trabalhadora sem referendarmos a dimensão racial e de gênero desta classe na realidade brasileira. A área da saúde configurou-se um espaço legítimo de trabalho para assistentes sociais no Brasil, pois é uma das esferas que mais empregam esssas profissionais. No entanto, há a necessidade constante de reapropriação do acúmulo realizado no que tange ao caráter ético-político, teórico-metodológico e técnico-operativo da profissão, assim como a trajetória de luta e resistência da qual esta categoria esteve e está presente no âmbito da saúde pública e do SUS, verdadeiramente, universal. Além disso, há que se considerar a trajetória da profissão no que diz respeito ao combate ao racismo.

Através de instâncias, como Conselho Federal de Serviço Social (CFESS); Conselhos Regionais de Serviço Social (CRESS) — Campanha

"Assistentes Sociais no combate ao Racismo"; Associação Brasileira de Ensino e Pesquisa em Serviço Social (ABEPSS); Grupo Temático de Pesquisa (GTP) Serviço Social, Relações de Exploração/Opressão de Gênero, Feminismos, Raça/Etnia e Sexualidades; "Relações étnicos raciais e desigualdades/Antirracismo e Serviço Social"; e Executiva Nacional dos Estudantes de Serviço Social (ENESSO), tem se debruçado sobre o debate em torno da questão racial. O desafio que nos cabe enquanto profissionais de Serviço Social é articular esse construto às intervenções junto à população usuária, tendo em vista marcos legais fundamentais, como a PNSIPN e as organizações locais de mulheres negras, já que a superação das desigualdades não se fará sem a participação orgânica das mulheres negras que buscam assistência nas maternidades.

Referências

AKOTIRENE, Carla. O que é interseccionalidade?. Belo Horizonte: Editora Letramento, 2018.

ALMEIDA, M. S. Família negra: "filha de estranho" na sociedade brasileira. *XV Encontro Nacional de Pesquisadores (as) em Serviço Social.* 2018, Ribeirão Preto, SP. Anais... Brasília: ABEPSS, 2018.

ALMEIDA, S. *O que é racismo estrutural.* Belo Horizonte: Letramento, 2018.

ASSIS, J. F. *Pelo direito de viver:* um estudo sobre as desigualdades raciais experimentadas por mulheres negras em período gravídico puerperal no Rio de Janeiro. Universidade do Estado do Rio de Janeiro. Especialização em Serviço Social e Saúde. Rio de Janeiro, 2010.

BADINTER, E. *Um amor conquistado:* o mito do amor materno. Tradução de Waltensir Dutra. Rio de Janeiro: Nova Fronteira, 1985.

CRUZ, I. C. F.; FARIA, I. R. Mortalidade de mulheres negras residentes no Estado do Rio de Janeiro — 2015: evidências para a PNSIPN e a PNAISM. *Journal of Specialized Nursing Care*. [S.l.], v. 9, n. 1, 2017. Disponível em: http://www.jsncare.uff.br/index.php/jsncare/article/view/2954/744. Acesso em: 9 jan. 2018.

D'ORSI, E. *et al*. Desigualdades sociais e satisfação das mulheres com o atendimento ao parto no Brasil: estudo nacional de base hospitalar. *Cadernos de Saúde Pública*. Rio de Janeiro, v. 30, supl. 1, p. 154-168, 2014. Disponível em: http://www.scielo.br/scielo.php?script=sci_arttext&pid=S0102=311-2014001300021X&lng=en&nrm-iso. Acesso em: jan. 2017.

EURICO, M. C. A percepção do assistente social acerca do racismo institucional. *Serviço Social & Sociedade*, São Paulo, n. 114, p. 290-310, 2013. Disponível em: http://www.scielo.br/scielo.php?script=sci_arttext&pid=S0101-66282013000200005&lng=en&nrm=iso. Acesso em: 2 nov. 2020.

NAKANO, A. K. *Diferentes expressões da violência de gênero:* violência institucional e obstétrica. Aula proferida na disciplina Gênero, Violência e Políticas Públicas do Programa de Pós-Graduação em Serviço Social (Doutorado). Universidade Federal do Rio de Janeiro, Rio de Janeiro, 2015.

REDE PARTO DO PRINCÍPIO; FÓRUM DE MULHERES DO ESPÍRITO SANTO. *Violência obstétrica é violência contra a mulher*. 1. ed. São Paulo: Parto do Princípio; Espírito Santo: Fórum de Mulheres do Espírito Santo, 2014. Disponível em: http://www.sentidosdonascer.org/wordpress/wp-content/themes/sentidos-do-nascer/assets/pdf/controversias/Violencia-obstetrica-e-violencia-contra-a-mulher.pdf. Acesso em: 4 jan. 2018.

SANTOS, J. F. A. *Enfrentamento à violência obstétrica contra mulheres negras numa maternidade pública municipal do Rio de Janeiro a partir das perspectivas de gestoras (es) e profissionais de saúde*. 2019. 190f. Tese (Doutorado em Serviço Social). Universidade Federal do Rio de Janeiro, Rio de Janeiro, 2019. Disponível em: https://sucupira.capes.gov.br/sucupira/public/consultas/coleta/trabalhoConclusao/viewTrabalhoConclusao.xhtml?popup=true&id_trabalho=7732167. Acesso em: 20 out. 2020.

SILVA, V. R. Como lidar com a violência obstétrica sem falar sobre ela. Entrevista com Waglânia Freitas. *In: Gênero e Número*, 2019. Disponível em: http://www.generonumero.media/violencia-obstetrica-como-falar/. Acesso em: 7 ago. 2020.

CAPÍTULO 5

Cuidado na infância: sobre a importância de apreender os impactos do racismo estrutural

Márcia Campos Eurico

O capítulo que ora se apresenta é decorrente da sistematização da quarta aula do *Curso Live Movimentos Antirracistas, Racismo e Marxismo* ocorrida no dia 29 de julho de 2020, cujo tema foi: *O extermínio da população negra e o racismo institucional*, contudo optou-se por construir minha linha argumentativa a partir da apreensão do racismo estrutural enquanto marca das relações sociais desde a ocupação colonial nas Américas e da funcionalidade das diversas narrativas que inexoravelmente localizam nos corpos não brancos a ausência de humanidade.

O racismo estrutural determina as relações sociais desde a acumulação primitiva do capital, e o colonialismo foi a máquina que moldou a hierarquização entre brancos e não brancos, considerados os "outros". Desde a ocupação colonial, a desumanização cria o chão necessário para que a violência estrutural seja naturalizada no cotidiano e para que o extermínio da população negra seja a resposta a esta ânsia de construção de uma sociedade harmoniosa.

Vimos nos debruçando sobre as relações raciais, um tema complexo e contraditório, cuja narrativa hegemônica parte da branquitude e de uma defesa da genericidade humana a partir do padrão de civilidade branco-europeu. É preciso problematizar aqui a falsa ilusão de que o debate sobre direitos humanos contempla naturalmente a agenda antirracista. Dizemos isso porque o racismo moderno, nos termos de Clóvis Moura, se constitui enquanto um processo social, ideológico e político, que precisa ser apreendido em seu significado polimórfico e ambivalente. O debate sobre colonialismo nos possibilita apreender a funcionalidade do racismo para a acumulação de capital.

Queremos nos valer da reflexão de Paulina Chiziane, escritora moçambicana, que afirma reiteradamente que sem África não há América, nos termos em que conhecemos, fazer referência à tese de Marcelo Hailler, intitulada "Tambores da Revolução", importante contribuição acerca da força das mulheres na FRELIMO e acrescentar que sem a presença negra não há como se pensar Brasil.

Na particularidade das vivências cotidianas, um dos argumentos para a desqualificação negra é a suposta incapacidade de os povos africanos construírem história e registrar suas tradições por meio da escrita. Uma nítida reprodução da colonização do saber, que trata, por exemplo, as línguas maternas dos povos africanos e dos povos indígenas como dialetos produzidos em contextos tribais. Questionar a dicotomia civilizado *versus* primitivo, língua *versus* dialetos, comunidade *versus* tribo é enfrentar em grande medida à colonialidade do poder.

Recorremos a Paulina Chiziane para provocar a reflexão sobre a primazia da oralidade na construção do ser social, desde o nascimento, em todos os grupos humanos. Queremos introduzir o debate sobre oralidade e a importância do letramento racial desde a infância enquanto possibilidade de coibir ações que desqualificam meninas/meninos negras(os) e de promover a equidade racial desde a mais tenra idade. A sociabilidade burguesa aposta na referência de mundo a partir do homem branco/europeu/cristão e heterossexual e se recusa a pensar que cada sujeito encerra em si uma totalidade e que a valorização da diferença étnico-racial é condição necessária do ser social. Para Chiziane (2018):

> O mundo dito mais evoluído tem olhado para a oralidade como um lugar menor, mas eu digo que não! Porque sobretudo para nós em África e acho que é para o mundo inteiro, a oralidade é o primeiro lugar de qualquer ser humano, portanto uma criança começa a receber os valores que lhe vão socializar a partir da oralidade. Quando vai para escola esta criança já tem 5, 6, 7 anos não é uma tábua rasa, na sua cabecinha já tem muitas histórias que lhe foram contadas por alguém ou por alguma tecnologia[1].

Crianças e adolescentes negros são afetados na vida cotidiana quando as práticas institucionais normalizam o racismo e atribuem a este grupo a responsabilidade por superar essa condição erigida sob a inferioridade negra. Há vasta bibliografia sobre as vivências de racismo e violência racial que crianças e adolescentes sofrem no ambiente escolar, protagonizadas por profissionais, por alunos(as) e/ou suas famílias. E persiste na memória de mulheres e homens adultos marcas profundas destas dores.

Em maio de 2020, o estudo sobre as consequências da pandemia da covid-19[2] na vida de crianças e adolescentes brasileiros alertava para uma

1. O trecho citado foi extraído da entrevista que Paulina Chiziane deu ao Programa Café Filosófico TVU/RN sobre o tema: "Oralidade e ancestralidade", que foi ao ar em 27 nov. 2018. Disponível em: https://youtu.be/WiLijX_7dDk. Acesso em: 5 jul. 2020.

2. "Em 31 de dezembro de 2019, a Organização Mundial da Saúde (OMS) foi alertada sobre vários casos de pneumonia na cidade de Wuhan, província de Hubei, na República Popular da China. Tratava-se de uma nova cepa (tipo) de coronavírus que não havia sido identificada antes em seres humanos [...] Os coronavírus estão por toda parte [...] e até as últimas décadas, raramente causavam doenças mais graves em humanos do que o resfriado comum [...] Esse novo coronavírus é responsável por causar a doença Covid-19. Em 30 de janeiro de 2020, a OMS declarou que o surto do novo coronavírus constitui uma Emergência de Saúde Pública de Importância Internacional (ESPII) — o mais alto nível de alerta da Organização, conforme previsto no Regulamento Sanitário Internacional." Disponível em: https://www.isaude.com.br/noticias/detalhe/noticia/saiba-como-surgiu-o-covid-19/. Acesso em: 20 out. 2020.

situação emblemática, pois, embora as pessoas englobadas neste ciclo geracional sejam menos atingidas pelo vírus, o impacto da doença sobre suas famílias as expõe à situação de maior vulnerabilidade e pobreza[3]. O que pode ser verificado pela drástica restrição alimentar com a suspensão das aulas, uma vez que a escola é espaço de sociabilidade e de acesso a um dos direitos humanos fundamentais, que é a segurança alimentar[4].

A título de exemplo, queremos destacar as inúmeras denúncias recebidas pela Defensoria Pública do Estado do Rio de Janeiro nos últimos meses, em meio a pandemia, onde o fornecimento de alimentos está longe de suprir necessidades essências, mesmo em caráter de urgência. As famílias reclamaram, com razão, de situações como *"cestas com quantidade de alimentos que não corresponde ao que era fornecido nas escolas [...] alimentos estragados, fornecimento intermitente ou que nunca chegaram às famílias dos estudantes"* (Pitasse, 2020, s.p., grifo nosso). Para garantir o acesso à alimentação adequada, em junho/2020, o Tribunal

3. A pobreza não deve ser medida apenas pela renda monetária, visto que essa exclui muitas outras dimensões, as quais são responsáveis pela reprodução do ciclo vicioso da pobreza. Com o objetivo de conhecer as diferentes privações de direitos enfrentadas por parte das crianças e dos adolescentes do país, o Fundo das Nações Unidas para a Infância (UNICEF, 2018), com base na PNAD 2015, analisou o acesso da população infantojuvenil em relação a seis direitos básicos: educação, informação, água, saneamento, moradia e proteção contra o trabalho infantil. Os resultados foram reveladores da situação de privação de direitos na qual vive grande parte da população de zero a 17 anos no Brasil. **Em 2015, 61% das crianças e dos adolescentes brasileiros foram considerados pobres,** pois viviam em famílias com renda monetária insuficiente ou não tinham acesso aos direitos básicos para uma sobrevivência digna e sem privações. Ainda de acordo com os dados do UNICEF (2018), **20,3% das crianças e dos adolescentes de 4 a 17 anos não tinham acesso adequado à educação** por apresentarem um ou mais dos seguintes problemas: distorção idade-série, evasão escolar e não saberem ler e escrever, apesar de serem maiores de 7 anos. Além disso, o UNICEF encontrou cerca de 2,5 milhões de pessoas entre 5 e 17 anos (6,2%) em situação de trabalho infantil e quase um quarto (24,8%) da população de crianças e adolescentes vivendo em domicílios com acesso inadequado a saneamento; 14,3% sem garantia do direito à água; e 11% vivendo em domicílios considerados precários, sobrepovoados e construídos a partir de materiais inadequados [grifos nossos] (Silva *et al.*, 2020, p. 8).

4. De acordo com informações disponíveis no *site* do governo do estado de São Paulo, foi instituído enquanto permanecer a suspensão das aulas na rede estadual de ensino o benefício em espécie no valor de R$ 55,00 por estudante considerados de baixa renda e que são contemplados pelo Programa Bolsa Família ou estão em situação de extrema pobreza, o que corresponde, segundo os dados oficiais, a 540 mil famílias beneficiadas. Disponível em: https://merendaemcasa.educacao.sp.gov.br/. Acesso em: 20 out. 2020.

de Justiça do Rio determinou a obrigatoriedade do fornecimento de merenda por parte do estado e do município durante a pandemia de covid-19, contudo, em setembro de 2020, o Supremo Tribunal Federal suspendeu a decisão que obrigava tal conduta dos entes públicos, sob alegação de que a manutenção de padrões mínimos de alimentação causaria risco às finanças públicas daquele Estado.

A Síntese de Indicadores Sociais produzida pelo IBGE (2019), cuja fonte de informação principal foi a Pesquisa Nacional por Amostra de Domicílios Contínua — PNAD, no período de 2012 a 2018, aponta que no Brasil 63% das casas chefiadas por mulheres negras com filhos até 14 anos estão abaixo da linha da pobreza. *"O índice representa mais que o dobro de pontos percentuais se comparado à média nacional, igualmente alarmante: 25% de toda a população está abaixo da linha da pobreza"* (Ferreira *et al.*, 2019, s.p., grifo nosso).

> O orçamento não se limita a uma peça técnica e formal ou a um instrumento de planejamento; ele é, desde suas origens, uma peça de cunho político, conforme Fabrício de Oliveira (2009), ou seja, ele serve para orientar as negociações sobre quotas de sacrifício sobre os membros da sociedade no tocante ao financiamento do Estado e é utilizado como instrumento de controle e direcionamento dos gastos (Salvador, 2012, p. 8).

A pandemia de covid-19 exacerba a desigualdade social inerente ao capitalismo e expõe o quanto o acesso aos direitos fundamentais é reiteradamente negado à população negra. E a justificativa para a negação do acesso é o alto custo com as políticas sociais universais e a retórica de que a responsabilidade de prover o sustento é da própria família. A desproteção social, fruto do racismo estrutural, que permeia a vida das famílias negras tem consequências na infância. Atitudes preconceituosas e discriminatórias devido ao pertencimento étnico-racial sempre provoca dores e precisam ser debatidas, para que as narrativas, as ações e a reprodução acrítica de práticas racistas sejam refutadas no processo de sociabilidade.

A desqualificação da negritude, entendida como: ignorar a presença das crianças/adolescentes negros nos espaços públicos e privados, não dar importância à sua fala e à sua produção intelectual e cultural, ridicularizar os seus avanços, desqualificar a sua aparência, retratá-los de maneira preconceituosa, atribuir referências demoníacas às religiões de matriz africana para destituir o poder familiar, compreendendo a participação nos ritos religiosos como forma de maus-tratos, é expressão do racismo institucional.

O privilégio da branquitude é inequívoco, inclusive entre as crianças, que crescem se percebendo diferentes e naturalmente desiguais. Crianças brancas são sociabilizadas em uma estrutura racista, portanto, apreendem desde muito cedo que pertencem ao grupo privilegiado:

> Então, as mães chegavam de carro com as suas branquinhas, bonitinhas, e as outras mães com os pretinhos da favela, ficavam alinhadas fora da escola esperando, porque depois que entravam as brancas, as freiras davam de comer, ofereciam prato de comida também para as faveladas [...] Bianca minha filha, dois anos e meio, disse: "mãe que que é essa gente aí?" Eu disse: "ah, minha, essa gente mora ali naquelas casinhas feias, e as freiras fazem uma coisa muito bonita: dão aulas pra as crianças aprenderem a ler e a escrever, ensinam as mães a cozinhar, trabalhar, pra elas poderem ter uma condição de sair dessas casa e morar de um jeito melhor." Então ela ouviu e: "mãe como é que é? Então eles estudam, eles começam a trabalhar e aí melhora. E aí vão fazer casas de tijolos... e vai fazendo a casa assim a parede vai subindo, e quando chegar no telhado eles já ficaram brancos? (Schucman, 2014, p. 160).

A luta antirracista desde a infância passa pela apreensão de que no Brasil as pessoas são discriminadas pelo fenótipo (traços físicos, textura do cabelo, cor da pele) e não pelo genótipo. A política de branqueamento e o pensamento eugênico, texto apresentado na primeira aula pela professora Ana Paula Procopio e pelo professor Weber Lopes, é um componente essencial para se pensar as determinações que concorrem para que crianças e adolescentes recebam tratamentos diferenciados de acordo com a maior ou menor quantidade de melanina.

Não podemos ignorar o fato de que a sociabilidade na modernidade tem como base estrutural a superioridade branca e a inferioridade dos não brancos, bem como a negação da humanidade negra. Por isso, reafirmamos ininterruptamente que vidas negras importam! E não estamos aqui hierarquizando a importância das vidas. Antes, chamamos a atenção para o fato de que a vida das nossas crianças e adolescentes, negras e negros, não importa para o Capital. O que importa é a expropriação da sua humanidade, para que o processo de exploração de seus corpos se efetive sem remorso.

O tratamento desigual à população que vive nas favelas, em condições precárias e desumanizantes, foi sensivelmente retratado por Carolina Maria de Jesus, por meio da literatura, a exemplo dos seus registros no livro *Quarto de Despejo*: "os pastéis é um acontecimento aqui em casa. Quando digo casa, penso que estou ofendendo as casas de tijolos... Os vizinhos de alvenaria olha os favelados com repugnância" (2014, p. 78). A repugnância retratada por Carolina está reatualizada no depoimento colhido por Schucman (2014) e que citamos anteriormente aqui. Há no discurso racista uma associação naturalizada entre ser negro, ser violento e viver em situação de pobreza. Daí se justifica o tratamento absolutamente violento nas regiões periféricas, enquanto ação prioritária do Estado nos territórios.

Na nossa pesquisa de doutorado constatamos que o grupo étnico-racial da criança ou adolescente influencia na forma como suas atitudes são recebidas pela equipe técnica e as soluções são propostas. Práticas discriminatórias são descritas de maneira naturalizada e é preciso advertir que o silêncio em relação à violência também é danoso em se tratando do preconceito e da discriminação étnico-racial.

Pode-se afirmar que a brutalidade do racismo na infância se expressa pelo modo como as crianças são vistas, pela maneira como elas são tratadas e cuidadas. O cuidado na infância é essencial e não pode reproduzir o racismo, a tarefa está em identificar seus meandros na infância e avançar nas repostas sobre a discriminação étnico-racial.

Na obra *Infâncias Perdidas*, uma densa pesquisa sobre internatos no Rio de Janeiro, Sônia Altoé expõe a banalização da infância institucionalizada e a violação dos direitos humanos. Ainda hoje sentimos uma dor dilacerante ao ver as fotos das crianças negras que a autora apresenta nas páginas finais do livro e que foram capturadas durante a pesquisa. Há uma negritude desumanizada no processo de abrigamento naquelas instituições pesquisadas. Há dor, indignação, mas há também inquietudes que buscamos responder na pesquisa de doutorado. Essas vidas violadas são majoritariamente negras.

Por que há tanta dificuldade de nomear e expor esta ferida produzida na contemporaneidade? Porque, inclusive no Serviço Social, a expressiva produção sobre a infância e adolescência desconsidera o impacto do quesito raça/cor no modo como a vida se desenha e se desenvolve no cotidiano? Porque se retira de nossas crianças e adolescentes negros o valor da sua negritude, numa tentativa perversa de exaltar a igualdade como a melhor expressão da cordialidade brasileira, como forma de reatualizar o mito da democracia racial?

> No Brasil, foram realizadas apenas duas pesquisas amplas para avaliar a situação do direito à convivência familiar de crianças e adolescentes em situação de afastamento do convívio familiar por medida protetiva. A primeira pesquisa foi realizada em 2004 (Rocha, 2004) e a segunda em 2009 (Assis e Farias, 2013). Ambas mostraram resultados preocupantes quanto ao perfil dos meninos e das meninas em situação de acolhimento institucional e quanto à capacidade das instituições em garantirem o direito à convivência familiar das crianças e dos adolescentes sob sua guarda. As duas pesquisas constataram, por exemplo, que a maior parte dos acolhidos era constituída de crianças de mais idade e adolescentes (entre 7 e 15 anos), do sexo masculino, negros e pobres e que não contavam com o processo de destituição do poder familiar concluído. Tal perfil se opõe às características buscadas pelas famílias que querem adotar crianças no Brasil. Em geral, o perfil mais procurado para adoção era o de meninas, brancas e de até 2 anos de idade (Silva *et al.*, 2020, p. 13).

Dizemos com segurança que tais atitudes não são decorrentes da ausência de conhecimento acerca da população atendida majoritariamente pelo Serviço Social nas diversas políticas públicas. O silenciamento decorre do modo como se organizam as relações sociais no país e da funcionalidade do racismo estrutural para que os lugares de privilégios do grupo racial branco permaneçam intocáveis. Cada vez que as(os) profissionais tratam como periférico algo que é central, cada vez que o debate sobre relações raciais assume o último lugar na ordem de prioridade das ações estratégicas, contraditoriamente fica explicita a visão restrita sobre classe social e a crença na igualdade mecanicista. Há uma histórica intersecção entre raça, classe social e gênero/sexualidade no desenvolvimento das relações de produção no capitalismo que precisamos apreender.

Queremos convidar a todas e todas para dialogar comigo a partir da minha tese de doutorado intitulada: *Preta, preta, pretinha* e destaco aqui o subitem intitulado: *Não é sobre cabelos ou tranças! É sobre racismo na infância!*, em que expomos a associação direta entre racismo e xingamento, como pode se observar na fala de uma das profissionais entrevistadas:

> Racismo para mim é assim...uma pessoa negra vai para a escola, ele fica no meio de outras pessoas mais claras e aí fala, olha aquela neguinha do cabelo duro, eu acho que isso é um racismo. [...] Cabelo duro, às vezes tem uma briga, tá vendo aquela negrinha do cabelo duro, tinha que ser negra (F2.1) (Eurico, 2018, p. 181).

Essa concepção expressa a aparência do racismo estrutural e pode ser a pedra de toque para o questionamento de onde cada pessoa guarda o seu racismo e como uma das formas mais corriqueiras de dar materialidade a ele é pela desqualificação da aparência e do cabelo, como uma característica valorada positiva ou negativamente a partir do padrão de beleza eurocêntrico.

Vejamos o que a pesquisadora Nilma Lino Gomes fala sobre o preconceito étnico-racial a partir da aparência e do cabelo na obra *Sem perder a raiz*:

> O cabelo, um dos sinais diacríticos que faz parte da diversidade do gênero humano, foi capturado pela cultura e, a partir daí, passou a receber diferentes significados e sentidos diversos. No contexto da

> África pré-colonial, ele era visto pelas diversas etnias como símbolo de status, de realeza e de poder. No contexto da invasão colonial e da escravidão, passa a ser visto como marca de inferioridade racial, como uma entre as muitas justificativas para se manter o racismo e o mito da inferioridade do negro [...] O cabelo do negro pode ser visto como símbolo de beleza e, incoerentemente, de inferioridade racial. As tensões e os desencontros entre essas representações refletem a presença de relações sociais autoritárias, hierárquicas e conflituosas entre negros e brancos ao longo da História (Gomes, 2008, p. 330).

Portanto, ser antirracista não pode ser apenas e tão somente uma ação frente a uma crise instalada, mas requer assumir uma posição teórica que pressupõe debater colonialismo e a colonialidade do poder, a escravidão negra e indígena como *modus operandi* do desenvolvimento do capitalismo até o século XIX, o extermínio de povos indígenas e populações negras em África e na diáspora como canal permanente de desqualificação da sua humanidade, o financiamento das guerras civis pelas grandes potências mundiais e as mediações desses grandes e complexos fenômenos com a reprodução do abuso de poder e da violação de direitos na vida de crianças e adolescentes negros no Brasil atual.

Seguramente, os debates protagonizados pelos(as) profissionais engajadas(os) na luta antirracista e que desenvolvem seu trabalho profissional como assistentes sociais, representam um marco à medida que permitem desvelar as determinações presentes na vida social e que requerem outras mediações que permitam a análise do movimento do real, naquilo que representam as particularidades da população negra brasileira, principalmente a partir da década de 1980, na interlocução com o movimento negro e o movimento de mulheres negras.

Os avanços continuam e a tarefa que se coloca como urgente é desvendar nas tramas do real a intrínseca relação entre questão étnico-racial e questão social, à luz da teoria marxista, ação que não se coloca apenas como modismo, como tarefa particular de assistentes sociais negros(as), mas como uma imperiosa tarefa do coletivo profissional, à medida que a fragmentação da análise pode produzir pesquisas e intervenções no âmbito das políticas públicas, com um cariz de modernidade, mas apoiadas em posturas conservadoras e autoritárias.

Referências

ALTOÉ, S. *Infâncias perdidas: o cotidiano nos internatos-prisão.* Rio de Janeiro: Xenon Ed., 1990.

BENTO, M. A. Branqueamento e branquitude no Brasil. *In:* CARONE, I.; BENTO, M. A. S. (org.). *Psicologia social do racismo* — estudos sobre branquitude e branqueamento no Brasil. Petrópolis: Vozes, 2002. Disponível em: http://www.media.ceert.org.br/portal-3/pdf/publicacoes/branqueamentoe-branquitude-no-brasil.pdf. Acesso em: 13 set. 2019.

EURICO, M. C. *Preta, preta, pretinha: o racismo institucional no cotidiano de crianças e adolescentes negras(os) acolhidos(as).* 2018. Tese (Doutorado em Serviço Social), Pontifícia Universidade Católica de São Paulo, São Paulo, 2018.

FERREIRA, L.; BRUNO, M. M.; MARTIS, F. B. No Brasil, 63% das casas chefiadas por mulheres negras estão abaixo da linha da pobreza. *Gênero e número.* 12 dez. 2019. Disponível em: http://www.generonumero.media/casas-mulheres-negras-pobreza/. Acesso em: 20 out. 2020.

GOMES, N. L. *Sem perder a raiz:* corpo e cabelo como símbolos da identidade negra. 2. ed. Belo Horizonte: Autêntica, 2008.

HAILLER, M. *Tambores da Revolução:* Moçambique, colonialismo e independência a partir da obra de Paulina Chiziane. 2019. Tese (Doutorado em Ciências Sociais), Pontifícia Universidade Católica de São Paulo, São Paulo, 2019.

IBGE. Sistema IBGE de Recuperação Automática (Sidra). Disponível em: http://www.sidra.ibge.gov.br/. Acesso em: 20 out. 2020.

IBGE. Síntese de indicadores sociais: uma análise das condições de vida da população brasileira: 2019/IBGE, Coordenação de População e Indicadores Sociais. Rio de Janeiro: IBGE, 2019. Disponível em: https://biblioteca.ibge.gov.br/visualizacao/livros/liv101678.pdf. Acesso em: 20 out. 2020.

JESUS, C. M. *Quarto de Despejo:* diário de uma favelada. 10. ed. São Paulo: Ática, 2014.

MOURA, C. O racismo como arma ideológica de dominação. *Revista Princípios, São Paulo,* Fundação Maurício Grabois, edição 34, ago./set./out., p. 28-38, 1994.

PITASSE, M. RJ: STF suspende decisão que obrigava rede pública a oferecer merenda na pandemia. *Brasil de Fato,* Rio de Janeiro, 8 set. 2020. Disponível em: https://www.brasildefato.com.br/2020/09/08/rj-stf-suspende-decisao-que-obrigava-rede-publica-a-oferecer-merenda-na-pandemia. Acesso em: 20 out. 2020.

SALVADOR, E. Fundo Público e o financiamento das Políticas Sociais no Brasil. *Serviço Social em Revista.* Londrina, v. 14, n. 2, p. 4-22, jan./jun. 2012. Disponível em: http://www.uel.br/revistas/uel/index.php/ssrevista/article/view/12263/11632. Acesso em: 20 out. 2020.

SCHUCMAN, L. V. *Entre o encardido, o branco e o branquíssimo:* branquitude, hierarquia e poder na cidade de São Paulo. São Paulo: Annablume, 2014.

SILVA, E. R. A. S.; OLIVEIRA, V. R. IPEA. *Nota Técnica 70.* Proteção de Crianças e Adolescentes no Contexto da Pandemia da Covid-19: Consequências e medidas necessárias para o enfrentamento. Disoc. 2020, Maio, n. *70*. Brasília: 2020, Livraria IPEA. Disponível em: https://www.ipea.gov.br/portal/images/stories/PDFs/nota_tecnica/200522_nt_disoc_n_70.pdf. Acesso em: 20 out. 2020.

CAPÍTULO 6

Feminismo Negro: ações antirracistas no mundo contemporâneo

Núbia Regina Moreira

Introdução

Pretendemos dividir meu texto em dois momentos, um que denominamos de percurso histórico, no qual apresentarei resumidamente um pequeno histórico da constituição do movimento feminista negro, a política, as bandeiras e as conquistas. Já no segundo momento, aparecerão as demandas e as políticas do feminismo negro brasileiro expressas na produção da Carta das Mulheres Negras, fruto da Articulação de ONGs de Mulheres Negras Brasileiras (AMNB) sobre a Marcha das Mulheres Negras contra o Racismo, as Violências e Pelo

Bem Viver, realizada no dia 18 de novembro de 2015, e o Seminário de Avaliação dos 30 anos do I Encontro Nacional de Mulheres Negras.

Como ponto de partida, anunciamos que a denominação feminismo negro não é uma denominação largamente aceita pelo conjunto do movimento de mulheres negras que existem e se proliferam país afora. Defendemos que o feminismo negro, como expressão de um nome, é uma estratégia político-intelectual fruto do crescimento das pesquisas e da produção acadêmica das feministas negras.

Portanto, o feminismo negro se populariza como uma expressão e sinônimo das práticas ativistas de mulheres negras que é conhecido como movimento de mulheres negras que integram o interior das organizações dos movimentos negros, institucionalizadas em associações, organizações não governamentais ou em fóruns autônomos.

O feminismo negro tem como marco histórico as Organizações de Mulheres Negras, nas décadas de 1970 e 1980. Nesse período, essas organizações tinham como bandeira a luta por direitos sociais e por melhores condições de vida para mulheres negras.

Situamos, nesse período, no Rio de Janeiro, o grupo conhecido como Nizinga, que se formara em 1983, e apresentava em sua composição mulheres de classe média, embora tivesse entre seus quadros mulheres pobres. Segundo uma de suas militantes, esse grupo tinha o objetivo de articular a discussão de gênero e raça[1]. Sua duração se encerra com a participação no II Encontro Feminista Latino-americano e do Caribe (Lemos, 1997). Outro grupo que vai ter uma atuação forte também na cidade carioca é o Coletivo de Mulheres de Favela e Periferia (CEMUFP), que é marcado fortemente por um conteúdo classista.

Já em São Paulo, a organização das mulheres negras é marcada pela aproximação com as instâncias do Estado. O conselho Estadual da

---

1. Segundo outra militante do Rio de Janeiro, foram as mulheres que já viviam nas comunidades de favelas, na Baixada Fluminense, que atuavam nas Pastorais Católicas, que tiveram contato com as feministas que atuavam também nessas áreas. Foi com esse contato que se ampliou para o interior de suas práticas políticas a questão dos direitos das mulheres, um *slogan* do feminismo.

Condição Feminina, por meio do debate sobre a realidade da mulher, estruturou a Comissão da Mulher Negra no interior desse Conselho.

Ainda há registro de outros grupos autônomos e institucionais no Estado de São Paulo, tais como o Coletivo de Mulheres Negras de São Paulo; o Coletivo de Mulheres Negras da Baixada Santista; o grupo de Mulheres Negras do Movimento Negro Unificado (MNU); a Comissão de Mulheres Negras do Conselho Estadual da Comissão Feminina de São Paulo; e o Programa da Mulher Negra do Conselho Nacional dos Direitos da Mulher. Em 1985 aconteceu o I Encontro Estadual de Mulheres Negras, organizado pelo Coletivo de Mulheres Negras de São Paulo. Em Porto Alegre, lembramos do Maria Mulher — Organização de Mulheres Negras, fundado em 1987.

No final da década de 1980 e durante os anos 1990, as mulheres negras estiveram mobilizadas em vários encontros e seminários: I Encontro Nacional de Mulheres Negras (1988); II Encontro Nacional de Mulheres Negras (1991); I Seminário Nacional de Mulheres Negras (1993); Seminário Nacional de Políticas e Direitos Reprodutivos das Mulheres Negras (1993); II Seminário Nacional de Mulheres Negras (1994) etc.

Todas essas organizações estiveram presentes nos encontros e seminários nacionais de mulheres negras que foram realizados entre a segunda metade da década de 1980 e a primeira metade da década de 1990. Porém, os encaminhamentos dos diversos questionamentos levantados por essas organizações convergiram para a construção e a realização do I e II Encontro Nacional de Mulheres Negras, respectivamente em 1988, no Rio de Janeiro, e em 1991, em Salvador.

O I Encontro Nacional de Mulheres Negras (1988) foi realizado no interior do estado do Rio de Janeiro, na cidade de Valença, contando com a participação de 450 militantes de 17 Estados da federação. Alguns dos objetivos expostos nesse encontro foram:

a) denunciar as desigualdades sexuais, sociais e raciais existentes, indicando as diversas visões que as mulheres negras brasileiras têm em relação ao seu futuro;

b) fazer emergir as diversas formas locais de luta e de autodeterminação, face às formas de discriminação existentes;

c) elaborar um documento para uma política alternativa de desenvolvimento;

d) encaminhar uma perspectiva unitária de luta dentro da diversidade social, cultural e política das mulheres presentes no Encontro;

e) realizar diagnóstico da mulher negra;

f) discutir as formas de organização das mulheres negras;

g) elaborar propostas políticas que façam avançar a organização das mulheres negras, colocando para o mundo a existência do Movimento de Mulheres Negras no Brasil de forma unitária e de diferentes vertentes políticas[2].

Quanto ao segundo momento, trazemos as contribuições da Carta das Mulheres Negras, conforme mencionei no início do texto. Tal documento reúne as demandas e as ações antirracistas das mulheres negras brasileiras, ao mesmo tempo em que ressalta a atuação delas como produtoras e promotoras de políticas nos campos da saúde, educação, artes, segurança pública, desenvolvimento social e habitacional.

Para efeitos de condução do meu texto, trabalharemos com os princípios que alicerçam o conjunto de reivindicações expressa na Carta das Mulheres Negras. Chamo de princípios o Pacto de Consenso que antecipa, na carta, o agregado de reivindicações propostas pela Articulação de Mulheres Negras Brasileiras como um caminho de construção para um novo Pacto Civilizatório.

Essas ações gestadas no seio das organizações das mulheres negras, autodenominadas feministas negras ou não, é resultado de quatro décadas de ativismo protagonizado pelas mulheres negras.

2. Relatório do I Encontro Nacional de Mulheres Negras.

O primeiro princípio afirma que:

> Nós, mulheres negras do Brasil, irmanadas com as mulheres do mundo afetadas pelo racismo, sexismo, lesbofobia, transfobia, e outras formas de discriminação, estamos em marcha. *Inspiradas em nossa ancestralidade, somos portadoras de um legado que afirma um novo pacto civilizatório* (AMNB, 2015, p. 163, grifos meus).

Ancestralidade é a capacidade que nós, mulheres negras, desenvolvemos — ao aprendermos umas com as outras — de nos posicionarmos como sujeitos históricos que carregamos em nossos corpos experiências compartilhadas no processo que nos constituem com base nas dimensões do "eu" e do "nós" político (Cestari, 2015), numa sociedade plurirracial, profundamente colonizada.

Um novo pacto civilizatório, baseado num consenso, requer que a dor ancestral que as mulheres negras carregam esteja presente na história como matéria-prima capaz de ressignificar a existência das mulheres marcadas pelo racismo, sexismo e classismo.

O segundo princípio define que:

> Somos meninas, adolescentes, jovens, adultas, idosas, heterossexuais, lésbicas, transexuais, transgêneros, quilombolas, rurais, mulheres negras das florestas e das águas, moradoras das favelas, dos bairros periféricos, das palafitas, sem teto, em situação de rua. Somos trabalhadoras domésticas, prostitutas/profissionais do sexo, artistas, profissionais liberais, trabalhadoras rurais, extrativistas do campo e da floresta, marisqueiras, pescadoras, ribeirinhas, empreendedoras, culinaristas, intelectuais, artesãs, catadoras de materiais recicláveis, yalorixás, pastoras, agentes de pastorais, estudantes, comunicadoras, ativistas, parlamentares, professoras, gestoras e muitas mais (AMNB, 2015, p. 163).

O desenrolar do feminismo negro brasileiro possibilitou o reconhecimento da heterogeneidade de condição e de posição em que as mulheres negras se inserem. A categoria mulheres negras é composta por contradições que se verificam diante das diferentes posições do sujeito. O "nós" político diz respeito a essa contradição, pois existe uma múltipla identificação do sujeito no discurso, a presença de um sujeito paradoxal. Sujeito que se constitui em face dessas múltiplas identificações, de intersecções, mutável e que não se pauta por uma fixidez identitária (Moreira, 2018).

Em Marcha, nós mulheres negras reafirmamos, no terceiro princípio, a nossa:

> *Condição de protagonistas*, oferecemos ao Estado e à Sociedade brasileiros nossas experiências como forma de construirmos coletivamente uma outra dinâmica de vida e ação política, que só é possível por meio da superação do racismo, do sexismo e de todas as formas de discriminação, responsáveis pela negação da humanidade de mulheres e homens negros (AMNB, 2015, p. 162, grifos meus).

O protagonismo das mulheres é fruto da constituição do feminismo negro brasileiro, herdeiro das organizações das mulheres negras inseridas nas redes do movimento negro, blocos culturais, terreiros etc. Todos esses movimentos escrevem a história da luta de superação do racismo, do sexismo por meio das experiências de vidas das mulheres negras, difundidas por meio das narrativas orais, escritas, imagéticas produzidas por elas.

O feminismo negro é fruto de experiências de lutas sociais conduzidas por organizações institucionalizadas e/ou autônomas que orientam a organização das mulheres negras, com o intuito de manter posição política no campo feminista (Moreira, 2018). A busca das mulheres negras por seu espaço político nasce como resposta dessas mulheres às múltiplas opressões que sobre elas se abatem (Cestari, 2015).

Apontamos que, por meio do percurso de constituição e desenvolvimento de um formato do feminismo negro, algumas distinções, como formação escolar e acessos aos bens culturais, descortinaram a multiplicidade de posições de sujeitos e de vozes de mulheres negras. Essas posições funcionam como agenciadoras de novas demandas, ao mesmo tempo em que propiciam a ampliação e a movimentação da participação das feministas negras em espaços mais amplos das negociações feministas, seja em nível nacional ou internacional.

O percurso histórico-político das organizações de mulheres negras, sintetizados em encontros e seminários nacionais e internacionais, reforçam o protagonismo das mulheres como a parte da humanidade que revoluciona o substrato da vida social. A revolução é um guia de vida para as mulheres negras pelo simples fato de termos de nos manter vivas, já que a posição que ocupamos na pirâmide social justifica a luta cotidiana pela manutenção da vida.

Devemos esclarecer que:

> [...] As mulheres negras, como sujeitos identitários e políticos, são resultado de uma articulação de heterogeneidades, resultante de demandas históricas, políticas, culturais, de enfrentamento das condições adversas estabelecidas pela dominação ocidental eurocêntrica ao longo dos séculos de escravidão, expropriação colonial e da modernidade racializada e racista em que vivemos (Werneck, 2010 *apud* Cardoso, 2012, p. 59).

Se nós somos o grupo mais subalternizado entre os subalternizados, fica evidente a força motriz de toda sociedade advinda da nossa luta para existir, sobreviver e por ampliação de direitos em um movimento que atinge positivamente também a vida dos homens brancos, das mulheres brancas e dos homens negros. O quarto princípio afirma que:

> [Nós] Mulheres Negras, estamos em Marcha para exigir o fim do racismo e da violência que se manifestam no genocídio dos jovens negros; na saúde, onde a mortalidade materna entre mulheres negras está relacionada à dificuldade do acesso a esses serviços, à baixa qualidade do atendimento aliada à falta de ações e de capacitação de profissionais de saúde voltadas

> especificamente para os riscos a que as mulheres negras estão expostas; *da segurança pública cujos operadores e operadoras decidem quem deve viver e quem deve morrer mediante a omissão do Estado e da sociedade para com as nossas vidas negras* (AMNB, 2015, p. 163, grifos meus).

A necropolítica, ou o necropoder, como Mbembe (2018) conceitua, diz sobre as formas

> Pelas quais no mundo contemporâneo, as armas de fogo são dispostas com o objetivo de provocar a destruição em massa de grupos sociais e criar "mandos de morte", formas únicas e novas de existência social, nas quais várias populações são submetidas a condições de vida que lhes conferem o estatuto de "mortos vivos" (p. 72, grifos do autor).

O quinto princípio anuncia que:

> Marchamos pelo direito à vida, pelo direito à humanidade, pelo direito a ter direitos e pelo reconhecimento e valorização das diferenças. Marchamos por justiça, equidade, solidariedade e bem-estar, que são valores inegociáveis, diante da pluralidade de vozes que coabitam o planeta e reivindicam o Bem Viver (AMNB, 2015, p. 163).

A escravidão foi um processo que marcou a história das mulheres negras as sublevando à condição de construtoras de formas de resistências, forjando suas mentes e corpos como *lócus* da política. As mulheres negras, muito precocemente, foram impelidas a se movimentar nos espaços dos possíveis, mesmo quando escravizadas.

Desde cedo, as estratégias de sobrevivência impostas e interiorizadas por mulheres negras foram sufocadas pelos avanços dos modos de produção. Queremos dizer que a vida das mulheres negras sempre está em xeque, essa insegurança produz um discurso nas feministas negras: "Nós mulheres negras estamos por nós mesmas".

O nosso lugar de fala, portanto, é reforçado pelo legado histórico de que somos fruto das lutas sociais empreendidas pelas mulheres negras, indígenas e brancas em prol da escolarização de meninas e mulheres, inserção no mercado de trabalho, direitos reprodutivos, direito à política cultural, aos sonhos, entre outros.

A emergência dos feminismos não hegemônicos, particularmente o feminismo negro para ficar na minha seara, é uma ferramenta produzida para alargar nossa concepção de desigualdade. A desigualdade da sociedade brasileira só pode ser pensada se tentarmos imbricar as categorias raça, classe e gênero. É por meio da interseccionalidade que podemos analisar a permanência do racismo e do sexismo como alicerces do capitalismo.

Tratar dessas relações de dominação de classe, raça e gênero também tem como função fazer coro com outras pesquisadoras que julgam ser necessário articulá-las tanto no nível das interações sociais quanto das estruturas. As limitações de acesso à educação e de participação das mulheres negras no processo produtivo têm sido determinadas por ocupações que pagam menores salários e, que dentre outros fatores, colocando-as como segmento situado na base da pirâmide social.

O quinto princípio convoca "a sociedade brasileira para a construção deste novo pacto civilizatório, para uma sociedade onde todas e todos possam viver plenamente a igualdade de direitos e oportunidades" (AMNB, 2015, p. 163).

A Marcha das Mulheres Negras é uma articulação entre o I Encontro Nacional de Mulheres Negras (1988) e o seminário de Avaliação dos 30 anos do Encontro de Mulheres Negras. A seguir, deixo o relatório produzido como fruto do encontro de Avaliação dos 30 anos do I Encontro de Mulheres Negras.

> *Nesses 30 anos, as mulheres negras brasileiras protagonizaram a tarefa de dar visibilidade à sua agenda de direitos, atuaram firmemente para a criação de organizações de mulheres negras, e qualificaram o embate/debate político-ideológico sobre o racismo e o sexismo que imperam na sociedade brasileira.*
> As mulheres negras brasileiras protagonizaram avanços no plano organizativo, no plano das políticas públicas e marcaram a trajetória política de desmonte do "mito da democracia racial". As mulheres negras brasileiras travaram a luta e a crítica contra o capital, as relações

> de classe, e todas as formas de opressão, propondo uma sociedade com base na dignidade humana, no desenvolvimento humano, social e equitativo. Ou seja, as mulheres negras têm reivindicado o estabelecimento de um novo Pacto Civilizatório para o Brasil (AMNB, 2018, *on-line*, grifos meus).

Do ponto de vista da perspectiva feminista negra e de intelectuais negras que elaboram uma epistemologia própria, abordar ou incorporar as experiências de mulheres negras como modo de produção do conhecimento ou as incorporar nas práticas políticas significa modificar e alterar um ponto de vista único do feminismo, reconhecendo as múltiplas facetas das realidades vividas pelas mulheres, em especial as mulheres negras. Desse modo, é reconhecer na diferença as singularidades da existência das multiplicidades de vivências das mulheres, em que marcadores sociais de sistema de opressão orientam suas trajetórias de vida. Portanto, nós, mulheres negras, seguimos em Marcha.

Referências

AMNB. Articulação de ONGs de Mulheres Negras Brasileiras. *Carta das mulheres negras 2015:* Marcha das Mulheres Negras 2015 contra o Racismo e a Violência e pelo Bem Viver como nova Utopia. Geledés Instituto da Mulher Negra. 18 nov. 2015. Disponível em: https://www.geledes.org.br/carta-das-mulheres-negras-2015/. Acesso em: 25 out. 2020.

AMNB. Articulação de ONGs de Mulheres Negras Brasileiras. *Relatório Final do Fórum Permanente de Mulheres Negras:* Avaliação dos 30 anos do Encontro Nacional de Mulheres Negras. Fórum Social Mundial. Salvador. 2018. Disponível em: http://encontronacionalmulheresnegras.org/documentos/. Acesso em: 1 jul. 2020.

CARDOSO, C. P. *Outras falas:* feminismos na perspectiva de mulheres negras brasileiras. Tese (Doutorado em Estudos Interdisciplinares sobre Mulheres, Gênero e Feminismo). Universidade Federal da Bahia, Salvador, 2012.

CESTARI, M. J. *Vozes-mulheres negras ou feministas e antirracistas graças às Yabás.* Tese (Doutorado em Linguística). Universidade Estadual de Campinas, Campinas, 2015.

LEMOS, R. *Feminismo negro em construção:* a organização do movimento de mulheres negras no Rio de Janeiro. Dissertação (Mestrado em Psicologia). Universidade Federal do Rio de Janeiro, Rio de Janeiro, 1997.

MBEMBE, A. *Necropolítica:* biopoder, soberania, estado de exceção, política da morte. São Paulo: n-1 edições, 2018.

MOREIRA, N. R. *A organização das feministas negras no Brasil.* 2. ed. Vitória da Conquista: Edições UESB, 2018.

WERNECK, J. Nossos passos vêm de longe! Movimento de mulheres negras e estratégias políticas contra o sexismo e o racismo. *Revista da ABPN,* v. 1, n. 1, p. 1-11, mar./jun. 2010. Disponível em: http://www.abpn.org.br/Revista/index.php/edicoes/ article/view/20/10. Acesso em: 1 out. 2020.

CAPÍTULO 7

Mulheres negras na gênese do Serviço Social: reflexões sobre a encruzilhada dos sistemas interligados de dominação e exploração

Renata Gonçalves

Introdução

O Serviço Social continua sendo uma área que aglutina majoritariamente profissionais do sexo feminino. Na outra ponta, as mulheres, sobretudo as negras, também são maioria na composição do grupo usuário dos serviços do Sistema Único da Assistência Social. Dados do Ministério do Desenvolvimento Social e Combate à Fome revelaram, em 2017, que 73,88% dos titulares do Programa Bolsa Família, entre homens e mulheres, são negros. Do total geral de beneficiários titulares do Programa,

93% são mulheres e, dentre estas, 68% são negras, incluindo o ingresso a equipamentos públicos, como o Centro de Referência de Assistência Social (CRAS), ao qual os(as) beneficiários(as) do Programa Bolsa Família (PBF) e do Benefício de Prestação Continuada (BPC) possuem prioridade em acessar (Costa, 2017, p. 230).

Apesar de as mulheres serem ampla maioria na profissão e lidarem cotidianamente com mulheres, só muito recentemente a categoria introduziu em suas formulações teóricas e proposições interventivas uma abordagem acerca das relações de gênero. Essa inserção, porém, promoveu uma discussão pautada pelo feminismo hegemônico[1], que expandiu um modelo universal do feminino bem distante do perfil e da realidade das mulheres negras atendidas pelas profissionais do Serviço Social. Trata-se de uma relação que já nasceu de forma enviesada e remonta à gênese da profissão nos anos 1930, num contexto de grandes agitações no cenário político brasileiro.

Os ventos um pouco mais fortes do que nas tempestades anteriores contribuíram para derrubar a estrutura da República Velha. A década de 1930 foi aberta por um turbilhão que significou "uma vontade de experimentar novas formas políticas, numa tentativa desesperada de alijar o arcaico" (Skidmore, 1969, p. 26). No curto período que vai de 1930 a 1937 (quando foi imposto o regime autoritário do Estado Novo), sob a perspectiva do brasilianista, o que se viu foram grandes improvisações, "incluindo uma revolta regionalista em São Paulo, uma nova Constituição, um movimento de frente popular, um movimento fascista e uma tentativa de golpe comunista" (Skidmore, 1969, p. 26).

Para o que nos interessa neste artigo, é preciso enfatizar que os anos iniciais da década de 1930 também registraram outras importantes movimentações políticas: o sufrágio feminino, a criação da Frente Negra Brasileira e o surgimento do Serviço Social. Em ordem cronológica, a Frente Negra foi fundada na noite de 16 de setembro de 1931. Segundo Petrônio Domingues (2013, p. 157), o ato ocorreu quando um grupo de "homens

1. A esse respeito, consultar Suellen Abreu (2018).

de cor" (termo da época), "cansado de ser preterido pelo sistema político tradicional e acumulando a experiência de décadas de vida associativa no pós-abolição", resolveu empreender uma mobilização racial em São Paulo. Perceberam que as disputas, os embates e os fortes acirramentos políticos não significavam inserir em suas pautas a defesa dos direitos da população negra. As reivindicações pelo voto feminino, ao contrário, foram paulatinamente conquistando espaço político desde o final do século XIX; se fortaleceram com as mobilizações culturais e políticas da década de 1920 (em especial do ano de 1922, com a Semana da Arte Moderna, a criação do Partido Comunista do Brasil etc.) e ganharam um importante aliado: o próprio Getúlio Vargas. Por fim, a profissionalização do Serviço Social ganhou relevo a partir da influência do movimento católico conservador na Constituição de 1933-1934, que vislumbrava introduzir na legislação brasileira um programa unitário de ação social.

Aparentemente, trata-se de três processos distintos, mas guardam estreitas relações entre si, a começar pelo lugar reservado às mulheres negras, que despontaram como um sujeito político fundamental para a resistência da população ex-escravizada, tanto no que concerne à sobrevivência ou reprodução da força de trabalho (apesar de ser incessantemente empurrada para as margens do sistema capitalista, constituindo-se como *reserva da reserva* do exército industrial em formação) como no que tange à preservação da cultura negra.

Um sufrágio para o seleto grupo de mulheres brancas de famílias abastadas

O voto feminino é considerado e comemorado como uma das principais conquistas dos anos 1930. Enquanto na maior parte dos países de capitalismo avançado as mulheres só tiveram direito ao voto após a Segunda Guerra Mundial (ou até muito depois, como é o caso da Suíça, que aprovou o voto feminino só em 1971). No Brasil, as mulheres conquistaram esse direito em 1932.

Fruto das lutas conhecidas como "primeira onda" feminista, o debate sobre o voto das brasileiras já estava presente desde o final do século XIX, na ocasião da "feitura da carta constitucional republicana, em um momento em que o voto para as mulheres não era concedido em lugar algum do mundo" (Karawejczyk, 2014, p. 70). Diferentemente dos processos estadunidense e inglês, que de forma explícita excluíam as mulheres do sufrágio, aqui no Brasil a Carta Magna não especificava o sexo do(a) votante, o que abria uma possibilidade para a reivindicação feminina. As mobilizações das mulheres para conquistar o direito de votar adentraram o século XX adquirindo uma forma política que culminou na criação de um Partido Feminino e, mais tarde, também no surgimento da Liga para a Emancipação Intelectual da Mulher, sob o protagonismo de Bertha Lutz que, em 1922, fundou a Federação Brasileira pelo Progresso Feminino. Curiosamente, tanto o partido como a liga e a federação foram criados sem que suas participantes pudessem usufruir o direito ao voto, o que, em alguma medida, as tornavam fora da lei (Pinto, 2003).

O ano de 1922 foi importante na consolidação da ideia de que as mulheres teriam plenas condições de votar. Aquele ano foi marcado por manifestações políticas e culturais que iam do Centenário da Independência à Semana da Arte Moderna, passando pela criação do Partido Comunista do Brasil. Esses acontecimentos reforçaram, em 1922, e ao longo de toda a década, as discussões sobre o voto das mulheres. Assim, "aos poucos, se consolidava a legitimidade do direito ao sufrágio feminino" (Lira, 2019, p. 41).

A chegada da Revolução de 1930 trazia um forte aliado às sufragistas brasileiras: Getúlio Vargas, que, em 24 de fevereiro de 1932, promulga o *Código Eleitoral Provisório*, ampliando às mulheres o direito ao voto. A partir daquele decreto, passava a ser eleitor "o cidadão maior de 21 anos, sem distinção de sexo" (Brasil, 1932). No entanto, em consonância com a estrutura patriarcal da *sagrada família* brasileira, o direito ao voto se restringiu às "mulheres solteiras, com economia própria, às viúvas em iguais condições e às casadas que tivessem renda própria, fruto de atividade profissional, desde que autorizadas pelo marido" (Marques, 2016, p. 37).

Nenhuma palavra sobre o direito ao voto das mulheres negras. Os debates sobre o voto feminino e o próprio ato de promulgação da lei explicitaram o que bell hooks (2019) denomina *sistemas interligados de dominação e exploração*, em que a estrutura de classes "é moldada pela política racial de supremacia branca" e, segundo a autora, é fundamental compreender o funcionamento do racismo na sociedade capitalista para "chegar a uma plena compreensão das relações de classe" (hooks, 2019, p. 30). Essa não foi a postura do feminismo brasileiro de "primeira onda", em que nem a pauta racial e nem a desigualdade de classes foi observada.

Situação muito parecida com a luta pelo sufrágio nos Estados Unidos em que eram profundas as contribuições das sufragistas na campanha pelos direitos das mulheres, sem que houvesse uma expansão junto à luta contra o racismo enquanto preocupação pública do movimento sufragista (Davis, 2016). Como no Brasil, o que esteve no centro do debate foi a chamada "conveniência" motivada pelo receio de que as mulheres brancas abandonassem as reivindicações pelo direito das mulheres votarem. Na realidade, a conveniência "funcionava como uma justificativa fraca para a indiferença das sufragistas em relação às prementes exigências da época", como a necessidade de se colocarem contra o racismo, em especial porque, segundo a autora, "a supressão de direito do voto da população negra do sul, o sistema legal de segregação e a vigência da lei de linchamento já estavam consolidados" (Davis, 2016, p. 119).

Para a autora, a neutralidade do movimento sufragista com relação à violência contra a população negra era apenas na aparência, pois na prática "encorajava a proliferação de ideias claramente racistas nas fileiras da campanha sufragista" (2016, p. 119). Não por acaso, figuras proeminentes da campanha pelo sufrágio colocavam o voto feminino como uma solução para o problema do negro. E, como no Brasil, o problema seria simples de ser resolvido: bastava "condicionar o direito ao voto à alfabetização formal" (Davis, 2016, p. 120). No caso brasileiro, para ter certeza de que a equação funcionaria a contento, por via das dúvidas, era preciso garantir a interdição ao voto dos(as) trabalhadores(as) empurrados(as) à mendicância.

A lei eleitoral no Brasil mantinha intacto o patriarcado, assegurava a estrutura de classes e atualizava o racismo. Seu Artigo 4º estabelecia que o alistamento de eleitores estava proibido a mendigos e analfabetos. O voto feminino se restringiu a um seleto grupo de mulheres das famílias abastadas. E, mesmo entre os homens, o decreto acabou reduzindo drasticamente o número de votantes, pois à época "mais de 85% eram analfabetos" (Carvalho, 2001, p. 32). Na realidade, o decreto provisório explicitou as profundas desigualdades existentes no país. As ebulições culturais e políticas foram alteradas para manterem intactos e interligados os sistemas de dominação e exploração, que continuaram a empurrar para as bordas da sociedade aquele contingente populacional indesejado e identificado como a parte gangrenada da nação.

Rosas azeviches da Frente Negra Brasileira

Como mencionado, a lei eleitoral elegeu o letramento como uma das condições para o direto de votar. O maior contingente atingido pela lei foi o de trabalhadores(as) negros(as), que era a imensa maioria de analfabetos(as). Essa condição é muito semelhante à postura racista adotada por muitos adeptos e membros ativos do movimento pelo sufrágio feminino nos Estados Unidos. Mas ela também remonta ao período da escravidão no Brasil, cuja legislação proibia o acesso à educação de negros(as), escravizados(as) ou libertos(as). A esse respeito, Priscila Lira escreve que houve um reforço, em 1881, da interdição do voto do analfabeto, "quando a Lei Saraiva, percebendo a proximidade da abolição da escravatura, considerou necessária a criação de mecanismos para alijar a população negra dos direitos mais básicos" (Lira, 2019, p. 42).

Acessar a educação era uma das pautas mais fundamentais para as famílias negras, não para garantir o direito ao voto, mas sobretudo para se qualificarem para o emergente mercado de trabalho capitalista.

Mera ilusão. O histórico da educação brasileira demonstra que o objetivo era barrar a presença de negros(as) nos espaços educacionais com a intenção de controlá-los(as) e mantê-los(as) na condição de subalternos(as). Como explica Clóvis Moura, o que estava em jogo era a preservação de "mecanismos de barragem que desde o Brasil Colônia foram montadas para colocá-los em espaços sociais restritos e controlados pela classe dominante" (Moura, 1988, p. 95).

O analfabetismo era um dos obstáculos que os(as) trabalhadores(as) negros(as) tiveram de enfrentar. O Estado capitalista que se consolidava e se abria para o mundo moderno, mantinha e atualizava o racismo e a violência patriarcal. A falta de acesso à educação formal possibilitou que empregadores recusassem a força de trabalho de ex-escravizados(as) sob a justificativa da ausência de qualificação. Estes(as) se tornaram, como escreveu Jacob Gorender (1990), um viveiro de mão de obra barata, a *reserva da reserva*. E, exorcizados(as) da comunidade nacional, ficaram às margens de direitos sociais mais básicos. Desemprego, falta de moradia adequada e fome selaram um destino miserável. Qualquer reação era tratada como uma questão de segurança nacional.

O Código Penal de 1890 foi um importante instrumento jurídico que transformou em práticas criminais não somente as manifestações da cultura como também passou a regulamentar e qualificar como delito o ócio (o desemprego). Leis, Atos, Decretos etc. que se seguiram evidenciam a preocupação da administração pública com essa gente, julgada preguiçosa, que perambulava pelas ruas e era cada vez mais empurrada às margens do sistema e consolidando uma verdadeira segregação (Gonçalves, 2018).

A Frente Negra Brasileira, fundada em 1931, "ofereceu a essa população marginalizada possibilidades de organização, educação e ajuda no combate à discriminação racial" (Barbosa, 2012, p. 16). Sem políticas públicas que pudessem inserir a população recém-liberta no projeto nacional do pós-abolição, e diante de um ideário que propalava a inferioridade da população não branca, negras e negros não tiveram acesso à cidadania plena. Era necessário agir coletivamente enquanto movimento organizado para reivindicar, do respeito como ser humano ao emprego digno. Um dos principais problemas, como vimos, era o analfabetismo, tornando a Educação uma das bandeiras prioritárias para o caminho da respeitabilidade que, por sua vez, poderia abrir as portas do mercado de trabalho.

No vácuo do reordenamento político da Revolução de 1930, em que as forças sociais não perceberam os problemas oriundos do racismo, a Frente Negra Brasileira priorizou a questão educacional da população negra no Brasil (Domingues, 2008). A Frente resultava do acúmulo de experiências de organizações negras e propunha elevar política, moral e culturalmente a comunidade negra, desenvolvendo uma importante iniciativa educacional. Na sede da entidade foi criada uma escola com certa estrutura pedagógica, cujas aulas ocorriam nos períodos diurno e noturno. Ali se ensinava "a ler, a escrever e a contar, bem como gramática, geografia, história, aritmética e geometria, entre outras disciplinas" (Domingues, 2008, p. 521).

A ideologia da Frente Negra era "fundamentalmente calcada nos valores vigentes de ascensão social, acreditando que o negro venceria à medida que conseguisse firmar-se nos diversos níveis das ciências, das artes e da literatura" (Moura, 1980, p. 156). Utilizada tanto em referência à formação cultural e moral do indivíduo como para se referir à instrução, compreendendo a alfabetização ou escolarização, a Educação transformou-se em arma contra o preconceito racial e, portanto, de inserção na sociedade de classes. A proposta deu tão certo que, a partir de 1934, a escola frentenegrina passou a contar com professoras negras nomeadas pela Secretaria de Educação e Saúde do Estado de São Paulo para ensinar no curso primário. Os demais cursos, de acordo com Domingues (2008), eram ministrados por pessoas que voluntariamente se prontificavam a lecionar.

A Frente Negra desempenhava um posicionamento crítico sobre o racismo do sistema de ensino nacional, "quer no que dizia respeito ao modo como os professores e a escola tratavam os alunos negros, quer em relação aos conteúdos escolares" (Domingues, 2008, p. 527). Segundo o autor, acreditava-se "que os negros, à medida que progredissem no campo educacional seriam respeitados, reconhecidos e valorizados pela sociedade mais abrangente. A educação teria o poder de anular o preconceito racial e, em última instância, de erradicá-lo" (Domingues, 2008, p. 522-523).

As mulheres negras foram reconhecidamente fundamentais no interior da Frente Negra. Francisco Lucrécio, um dos diretores, em depoimento a Márcio Barbosa (2012), enfatiza que as mulheres compunham a maioria frentenegrina. Eram assíduas e naquele momento em que a mão de obra masculina negra era preterida em prol do imigrante europeu, eram elas que "encontravam emprego mais facilmente que os homens" (Barbosa, 2012, p. 39). O diretor frentenegrino observa que as "mulheres trabalhavam como empregadas domésticas, cozinheiras, lavadeiras, passadeiras, enfim. A maior parte das mulheres era que arcava com as despesas da família" (Barbosa, 2012, p. 39).

Observação semelhante pode ser encontrada no depoimento de Aristides Barbosa, outra liderança da Frente Negra: "Você vê, na década de 1930, nós estávamos numa atmosfera de senzala. Lá na Bela Vista, por exemplo, se você chegasse à tarde, num dia de semana, encontrava homens negros nos bares, desempregados, enquanto as mulheres é que trabalhavam" (Barbosa, 2012, p. 36). A esse respeito, em *A integração do negro na sociedade de classes*, Florestan Fernandes observa que sem a cooperação das mulheres negras e de

> suas possibilidades de ganho, fornecidas pelos empregos domésticos, boa parte da "população de cor" teria sucumbido ou refluído para outras áreas. Heroína muda e paciente, mais não podia fazer senão resguardar os frutos de suas entranhas: manter com vida aqueles a quem dera a vida! Desamparada, incompreendida e detratada, travou quase sozinha a dura batalha pelo direito de ser mãe [...]. Nos piores contratempos, ela era o "pão" e o "espírito", consolava, fornecia o calor do carinho e a luz da esperança. Ninguém pode olhar para essa fase do nosso passado, sem enternecer-se diante da imensa grandeza humana das humildes "domésticas de cor", agentes a um tempo da propagação e da salvação do seu povo (Fernandes, 1978, p. 211).

De acordo com Petrônio Domingues (2007), a condição feminina negra descrita acima era uma preocupação para a Frente Negra Brasileira. Havia um Departamento de Colocações Domésticas, que funcionava como uma espécie de agência de emprego, cujo "objetivo era conseguir serviços domésticos — cozinheira, passadeira, copeira e lavadeira — para as frentenegrinas" (Domingues, 2007, p. 357). A consciência sobre os direitos trabalhistas que as mulheres negras adquiriam nos espaços de formação frentenegrinos às vezes impedia suas contratações, mas a Frente também era vista como um selo de garantia de que as mulheres (e homens) que ali estavam eram pessoas honestas. Segundo o autor, a Frente Negra da Bahia tinha como um de seus objetivos a criação de uma nova imagem para a mulher negra (Domingues, 2007, p. 357).

O autor identificou em várias cidades a criação de diretorias assumidas por mulheres e voltadas para o público feminino. E havia dois organismos internos de participação feminina. O primeiro se intitulava *Rosas Negras*, em referência à cor preta das rosas que as mulheres colocavam no peito, sobre os vestidos brancos. Eram elas as responsáveis pelos momentos de lazer de todos(as) os(as) frentenegrino(as): "organizavam tudo, um negócio fabuloso, umas orquestras assim que marcaram época..." (Barbosa, 2012, p. 22). Para além das atividades políticas, esses encontros culturais (festivais de literaturas, danças etc.) possibilitavam uma maior coesão do grupo. Os festivais promovidos pela Frente Negra só podem ser compreendidos neste contexto, escreve Domingues: "Eles aconteciam mensalmente, com uma extensa programação: era de praxe abri-los com a apresentação de números musicais ou com as encenações teatrais (incluindo a declamação de poesias). Na parte final, realizava-se o baile dançante, até o amanhecer" (2007, p. 360).

Cruzadas femininas era o nome do segundo órgão interno ocupado por mulheres e voltado para as questões femininas. Petrônio Domingues considera que "o objetivo central dessa comissão era fortalecer o campo educacional e cultural da FNB" (2007, p. 362). Contudo, o autor observa que uma análise mais aprofundada da Frente Negra mostra que as mulheres eram subalternizadas, não participavam das instâncias decisórias, que eram reservadas aos homens (Domingues, 2007).

Mulheres negras na gênese conservadora do Serviço Social

É impossível abordar a gênese do Serviço Social, na década de 1930, sem que nos venha à memória a imagem das primeiras Assistentes Sociais diplomadas no Brasil. A imagem é emblemática: 13 jovens mulheres bem comportadas, com cabelos presos, maquiagens leves e roupas discretas que mal deixam à mostra seus antebraços. E é preciso frisar: todas mulheres brancas e oriundas da alta classe média católica. Aqui todos os detalhes são importantes.

Na década de 1930, o movimento católico conservador cresce no interior da nova conjuntura política. Para a Igreja Católica era o momento de retomar sua influência tradicional, enfraquecida no decênio anterior, sobretudo frente à urbanização, à secularização da cultura e, para alguns, à fundação do Partido Comunista do Brasil.

> Os grupos urbanos que se articulam para lutar contra a exploração capitalista não encontram na Igreja uma aliada, pelo contrário. A nascente classe operária encontra no anarquismo, no socialismo e no maximalismo sua visão de mundo, nos jornais operários, liberais de esquerda, anticlericais e anarquistas, sua forma de expressão e, nos clubes, mutualidades, sindicatos e centros operários suas formas de organização (Beozzo, 1986, p. 343).

Em oposição a Getúlio Vargas, mas sem romper com o governo, o movimento católico se torna uma força político-social expressiva e funda, em 1932, a Liga Eleitoral Católica que, de tão influente, nem precisou constituir-se como partido, bastou selecionar e indicar os candidatos aprovados pela Igreja. Saiu vitoriosa, como observou Beozzo (1986), já no ano seguinte com seus candidatos eleitos para a Assembleia Nacional Constituinte de 1933, e defendendo diretamente os interesses católicos. Essa aproximação da Igreja com o aparelho de Estado se traduziu em verbas para as ações e instituições beneficentes mantidas pela Igreja; o que possibilitou a ampliação de sua rede de assistência e de sua influência junto à classe dominante (composta pelas oligarquias rurais e pelas burguesias comercial e financeira, além da nascente burguesia industrial).

O Serviço Social surge nesse contexto. O artigo n. 138 da Constituição de 1934, sobre a *Assistência Social*, é emblemático, pois "demonstra o quanto naquele momento, às vésperas da criação da primeira Escola de Serviço Social, delineavam-se os princípios básicos que a classe dominante esperava que o Serviço Social viesse a executar" (Gonçalves, 2018, p. 519). A esse respeito, Marilda Iamamoto observa que a profissão deixa de apenas exercer a caridade e passa, por meio da assistência, a intervir de forma cada vez mais ideológica na vida da classe trabalhadora, cujos resultados foram o "enquadramento dos trabalhadores nas relações sociais vigentes, reforçando a mútua colaboração entre capital e trabalho" (Iamamoto, 2011, p. 20).

Acrescente-se a esse cenário as ideias racistas intensamente difundidas na segunda metade do século XIX e que ganharam novos contornos nas primeiras décadas do século XX. Oliveira Vianna, um dos maiores ideólogos das políticas de intervenção social do governo Vargas, era um dos adeptos da "razão científica da eugenia" e da crença na necessidade do progresso moral e da perfeição da espécie, o que passava pela promoção da higiene social dos locais degradados das cidades, onde justamente habitavam, não por acaso, os(as) trabalhadores(as) negros(as).

Lélia Gonzalez, ao examinar o racismo que alicerça a formação social brasileira, identificou uma divisão racial, um lugar "natural" destinado à população ex-escravizada: "da senzala às favelas, cortiços, porões, invasões, alagados e conjuntos 'habitacionais' (cujos modelos são guetos dos países desenvolvidos) dos dias de hoje" (1982, p. 15). Famílias inteiras amontoadas em cubículos, cujas condições de higiene e saúde eram (e continuam) as mais precárias. A higienização das cidades era o ingrediente que estabelecia de forma definitiva o vínculo entre habitantes dos cortiços e epidemias "atribuídas não às péssimas condições de moradia, mas à falta de moralidade" (Gonçalves, 2018, p. 518).

O Serviço Social foi uma peça-chave nesse processo. A doutrina católica transformou a "questão social" em ausência de moralidade e atribuiu às Assistentes Sociais, as caras moças brancas da fotografia, a tarefa de harmonizar a sociedade e promover o Brasil-potência-católico (Ferreira, 2010), a começar por "ajustar" as famílias de trabalhadores(as). Camila Manduca Ferreira observa que, para as Assistentes Sociais, havia um modelo de família ideal, estável e higiênica, que não correspondia à realidade das famílias populares, com "uniões não legalizadas, grande número de filhos, pais desempregados, mães trabalhando fora, crianças criadas soltas pelas ruas, casas de habitação coletiva" (2010, p. 153).

As mulheres negras passam a ser o alvo da *educação eugênica e sexual*, prevista na Constituição de 1934, visando "o aperfeiçoamento da raça" (Aguilar Filho, 2011, p. 104). Para as Assistentes Sociais da gênese da profissão, faltava às mulheres negras uma formação moral e profissional adequada para se verem livres da vida pecaminosa. As comportadas moças brancas faziam parte de uma engrenagem que transformava (e transforma) os homens negros em "suspeitos em potencial", isto é, em "objeto da perseguição, repressão e violência policiais (para o *cidadão* negro brasileiro, desemprego é sinônimo de vadiagem; é assim que pensa e age a polícia brasileira)", como escreveu Lélia Gonzalez (2018, p. 44).

Essa mesma engrenagem impunha (e impõe) às mulheres negras um processo de tríplice discriminação: de raça, classe e gênero. Garantir a sobrevivência de sua prole implicou voltar à casa-grande para prestar seus "serviços domésticos junto às famílias das classes média e alta da formação social brasileira" (Gonzalez, 2018, p. 44). Às mulheres negras são reservados os trabalhos mais precários, de baixa ou nenhuma remuneração. Só lhes é permitido ocupar os mesmos espaços de brancas(os) apenas na condição de servi-las(os), confirmando, portanto, o que Lélia Gonzalez (1982) denominou como *divisão racial do trabalho*, constantemente camuflada sob o manto do mito da democracia racial.

A autora identifica uma continuidade histórica dos estereótipos das mulheres negras a partir da figura da mucama[2] e são representadas a partir de três noções: a *mulata*, que tem seus corpos sexualizados, "animalizados" e transformados em mercadoria; a *doméstica*, que de volta à casa-grande exerce funções vinculadas aos serviços prestados durante a escravidão; a *mãe preta*, que é representada pela sociedade racista como resignada e passiva ante a opressão e a exploração. Gonzalez ultrapassa esse estereótipo de subserviência da *mãe preta* e a desloca da condição de objeto passivo para a de sujeito político. Foi esta que, por meio de uma sabedoria ancestral, assumiu uma função materna e, "ao exercê-la, passou todos os valores que lhe diziam respeito para a criança brasileira", isto é, para a "dita cultura brasileira" (Gonzalez, 1984, p. 235). Ao africanizar a cultura, a *mãe preta* transmitiu à cultura brasileira o que a autora denominou *pretuguês*, que é "a marca da africanização do português falado no Brasil" (Gonzalez, 1988, p. 70).

Para o Serviço Social, conservador e moralista, pouco se importava em compreender a complexidade das relações étnico-raciais no Brasil, assim como não era necessário analisar o que estava na origem do que a profissão chamou de "desajuste social"; tampouco interessava conhecer os elementos de resistências culturais, como os mencionados por Lélia Gonzalez. O Serviço Social progressista de hoje ainda precisa acertar contas com esse passado, superar a herança racista e vislumbrar uma formação e uma intervenção profissionais que retirem as mulheres negras da invisibilidade e (re)conheçam o seu legado de resistência *amefricana*[3] — que, ao incorporar todo um processo histórico de intensa dinâmica político-cultural, possibilita uma consciência efetiva de nós mesmos.

---

2. Derivada do quimbundo, a palavra *mu'kama* passou a significar no Brasil a "escrava negra moça e de estimação que era escolhida para auxiliar nos serviços caseiros ou acompanhar pessoas da família e que por vezes era ama-de-leite" (Gonzalez, 1984, p. 229).

3. Tal como exposto por Lélia Gonzalez (1988), em "A categoria político-cultural de amefricanidade".

(In)conclusões

Sem sombra de dúvidas, os anos 1930 promoveram profundas transformações políticas e culturais no Brasil, mas essas foram moleculares e, portanto, as estruturas que alicerçam as relações sociais não sofreram abalo algum. Assim, as reivindicações pelo sufrágio feminino deixaram intacta a família patriarcal e a extensão do voto às mulheres, aliás, não significou uma solidariedade antirracista que possibilitasse a incorporação da população negra, em especial das mulheres negras, no processo.

A luta antirracista promovida pela Frente Negra Brasileira, por sua vez, não conseguiu romper com o lugar de subalternidade reservado às mulheres negras. Embora fosse reconhecida a sua função de provedora das famílias negras, e apesar de estarem em algumas instâncias da Frente, elas não participavam das tomadas de decisões. Nesse caso, as mobilizações antirracistas protagonizadas pela Frente Negra Brasileira não foram capazes de se estenderem à luta antipatriarcal[4].

O Serviço Social desse período contribuiu para *naturalizar* os preconceitos raciais e o racismo contra trabalhadores(as) negros(as), transformando a desigualdade de classe, gênero e raça em um problema de ordem moral. Compreender esse processo é tarefa urgente de um Serviço Social comprometido com seu projeto ético-político, o que significa se desvencilhar de preconceitos e estereótipos materializados no racismo, que perdura na profissão[5], e promover uma formação que coloque no palco da história as mulheres negras que, como resultado de relações de poder, são as que efetivamente se encontram na encruzilhada dos sistemas interligados de dominação e exploração.

---

4. Assunto que voltaria nos anos de 1970 com uma nova configuração da luta antirracista no bojo dos movimentos sociais urbanos no Brasil (Gonçalves, 2019).

5. A este respeito, ver Eurico (2013; 2020).

Referências

ABREU, S. *Elas, as feministas... elas, as assistentes sociais.* Dissertação (Mestrado em Serviço Social e Políticas Sociais). Universidade Federal de São Paulo, *campus* Baixada Santista, 2018.

AGUILAR FILHO, S. *Educação, autoritarismo e eugenia:* exploração do trabalho e violência à infância desamparada no Brasil (1930-1945). Tese (Doutorado em Educação) — Universidade Estadual de Campinas, Campinas, 2011.

BARBOSA, M. Frente Negra Brasileira — Depoimentos. São Paulo: Quilombhoje, 2012.

BEOZZO, J. O. A Igreja entre a Revolução de 1930, o Estado Novo e a Redemocratização. *In:* FAUSTO, B. (org.). *História Geral da Civilização Brasileira.* O Brasil Republicano. São Paulo: Difel, 1986.

BRASIL. Código eleitoral. Decreto n. 21.076, de 24 de fevereiro de 1932. Disponível em: https://www2.camara.leg.br/legin/fed/decret/1930-1939/decreto-21076-24-fevereiro-1932-507583-publicacaooriginal-1-pe.html. Acesso em: 12 dez. 2020.

CARVALHO, J. M. *Cidadania no Brasil:* o longo caminho. Rio de Janeiro: Civilização Brasileira, 2001.

COSTA, G. Assistência Social, no enlace entre a cor e gênero dos(as) que dela necessitam. *O Social em Questão,* Rio de Janeiro, n. 38, p. 227-246, 2017.

DAVIS, A. *Mulheres, raça e classe.* São Paulo: Boitempo, 2016.

DOMINGUES, P. Como se fosse bumerangue: Frente Negra Brasileira no circuito transatlântico. *Revista Brasileira de Ciências Sociais,* São Paulo, v. 28, n. 81, p. 155-170, 2013.

DOMINGUES, P. Um "templo de luz": Frente Negra Brasileira (1931-1937) e a questão da educação. *Revista Brasileira de Educação,* Rio de Janeiro, v. 13, n. 39, p. 517-534, 2008.

DOMINGUES, P. Frentenegrinas: notas de um capítulo da participação feminina na história da luta antirracista no Brasil. *Cadernos Pagu,* Campinas, n. 28, p. 345-374, 2007.

EURICO, M. C. *Racismo na infância*. São Paulo: Cortez Editora, 2020.

EURICO, M. C. A percepção do assistente social acerca do racismo institucional. *Serviço Social e Sociedade*, São Paulo, n. 114, p. 290-310, 2013.

FERNANDES, F. *A integração do negro na sociedade de classes:* o legado da "raça branca". São Paulo: Ática, 1978.

FERREIRA, C. M. *O negro na gênese do serviço social (Brasil, 1936-1947)*. Dissertação (Mestrado em Serviço Social) — Universidade Federal do Rio de Janeiro, Rio de Janeiro, 2010.

GONÇALVES, R. Mulheres negras em movimento e a articulação de classe, gênero e raça. *In:* JOHNSON, G. A.; GOMES SILVA, I.; SILVA, B. G. (org.). *Democracias, lutas e movimentos sociais:* latinoamérica entre teorias e práticas. São Luís: EDUFMA, p. 150-167, 2019b.

GONÇALVES, R. Quando a "questão racial" é o nó da "questão social". *Revista Katálysis*, Florianópolis, v. 21, n. 3, p. 514-522, 2018.

GONZALEZ, L. *Primavera para as rosas negras:* Lélia Gonzalez em primeira pessoa. São Paulo: Diáspora Africana, 2018.

GONZALEZ, L. A categoria político-cultural de amefricanidade. *Tempo Brasileiro*, Rio de Janeiro, n. 92/93, p. 69-82, 1988.

GONZALEZ, L. Racismo e sexismo na cultura brasileira. *Ciências Sociais Hoje*, Brasília, ANPOCS, n. 2, p. 223-244, 1984.

GONZALEZ, L. O movimento negro na última década. *In:* GONZALEZ, L; HASENBALG, C. *Lugar de negro*. Rio de Janeiro: Marco Zero, 1982.

GORENDER, J. *A escravidão reabilitada*. São Paulo: Ática, 1990.

hooks, b. *Teoria feminista:* da margem ao centro. São Paulo: Perspectiva, 2019.

IAMAMOTO, M. *Renovação e conservadorismo no serviço social*. São Paulo: Cortez Editora, 2011.

KARAWEJCZYK, M. Os primórdios do movimento sufragista no Brasil: o feminismo "pátrio" de Leolinda Figueiredo Daltro. *Estudos Ibero-Americanos*, v. 40, n. 1, Porto Alegre, 2014. Disponível em: http://revistaseletronicas.pucrs.br/ojs/index.php/iberoamericana/article/viewFile/15391/12462. Acesso em: 12 dez. 2020.

LIRA, P. *Movimento de Mulheres Negras e o Serviço Social.* Dissertação (Mestrado em Serviço Social e Políticas Sociais). Universidade Federal de São Paulo, *campus* Baixada Santista, 2019.

MARQUES, T. C. N. Bertha Lutz: ação feminista e sistema político brasileiro (1927-1937). *In: Berta Lutz* (Série perfis parlamentares; n. 73). Brasília: Câmara dos Deputados, Edições Câmara, 2016.

MOURA, C. *Sociologia do negro brasileiro.* São Paulo: Ática, 1988.

MOURA, C. Organizações negras. *In:* SINGER, P.; BRANT, V. C. (org.). *São Paulo:* o povo em movimento. Petrópolis: Vozes, 1980.

PINTO, C. R. J. *Uma história do feminismo no Brasil*. São Paulo: Perseu Abramo, 2003.

SKIDMORE, T. *Brasil:* de Getúlio Vargas a Castelo Branco (1930-1964). Rio de Janeiro: Editora Saga, 1969.

CAPÍTULO 8

Afinal, o que é branquitude?

Luciana Alves

A emergência do debate

O termo branquitude tem sido bastante utilizado nos debates atuais sobre racismo e desigualdades raciais, mas, afinal, você sabe o que ele significa? É a tradução da palavra inglesa *whiteness*, que se popularizou nos Estados Unidos, em meados de 1990, quando um conjunto de estudos reivindicou uma perspectiva inédita para a compreensão do fenômeno do racismo: interrogar o papel dos brancos na construção e manutenção das hierarquias raciais vigentes.

Os então chamados *estudos críticos da branquitude* apresentavam o objetivo comum de deslocar o debate sobre raça dos grupos subalternos — notadamente negros e indígenas — e focalizar o grupo que se beneficia direta ou indiretamente do racismo, aspecto pouco discutido até então (Steyn, 2004, p. 121).

No entanto, diferentes autores argumentam que o pioneirismo no debate sobre branquitude é de autores negros, como Franz Fanon e W. E. B. Du Bois, cujos escritos foram publicados no começo e na metade do século XX, respectivamente. Dessa perspectiva, tais investigações teriam iniciado "com a crítica negra a respeito de como a branquitude funciona como um privilégio racial, assim como as críticas aos efeitos desse privilégio sobre corpos que são reconhecidos como negros" (Ahmed, 2004, p. 1, tradução minha).

A despeito das disputas por origem, desde a sua criação, os estudos críticos da branquitude vêm evidenciando o privilégio branco em diferentes campos: na mídia (Dyer, 1988), na escola (Sleeter, 1993; Alves, 2012b), no monopólio de bens sociais (Harris, 1993), no currículo escolar (Sleeter, 2004; Apple, 2002), e possibilitam pensar como o racismo se constrói, se manifesta e se mantém, apesar dos apelos morais por sua erradicação.

Ainda que o campo de estudos críticos da branquitude tenha se desenvolvido a partir de diferentes áreas do conhecimento, há ao menos um consenso quanto à sua origem e sua definição mais geral: *a branquitude é uma identidade sócio-histórica, surgida concomitantemente ao projeto de dominação colonial europeia, quando da marcação de povos africanos e nativos americanos como negros e índios.*

Como discutimos recentemente em outro texto (Alves, 2020), antes dos contatos mais sistemáticos entre europeus e povos de outros continentes, a autopercepção de grupos africanos e nativos americanos se dava em termos étnicos e não raciais. Tais povos consideravam-se diferentes entre si, eram malês e nagôs, bantus e geges; tupis e bororos, maputis e guaranis, entre tantos outros, mas tiveram sua autopercepção negada pelo conquistador europeu. Esse, por sua vez, passou a designar a si também em termos raciais e não mais geográficos ou nacionais, autodenominando-se *branco* em comparação aos povos de pele mais escura que então subjugara.

No contexto da expansão colonial, foi criado um sistema de significação que explicava as diferenças físicas observadas a partir da ideia de raça, que associava a posição social de sujeitos e grupos à sua aparência física, explicando desigualdades sociais em termos naturalizados. Como é possível antever, esse processo de criação e imposição de identidades racializadas pressupôs a criação de uma identidade primeira, não apenas poderosa o suficiente para dizer aos outros grupos quem eram ou deveriam ser, mas de fazer valer a violenta imputação de identidades raciais inferiorizadas, apagando e silenciando (ou tentando) histórias e memórias que lembravam aos sujeitos quem eles eram antes da dominação colonial.

A branquitude pode ser considerada a primeira de todas as identidades raciais, uma vez que marcar os outros como diferentes de si exige a definição de um *nós* em contraposição a um *eles*. Esse *nós*, os brancos, não encerrava apenas a descrição da aparência física dos sujeitos, os sentidos de ser branco se projetavam para além do corpo (Alves, 2012a), associando à brancura comportamentos e capacidades indicativas de superioridade na comparação aos outros grupos raciais.

Com a invenção da raça, brancos passaram a se autodescrever como civilizados, intelectualmente privilegiados, esteticamente belos, moralmente adequados, sempre em contraposição a outros grupos raciais, vistos como atrasados, feios, intelectualmente limitados e moralmente inadequados.

Descrita dessa forma, a história das identidades raciais evidencia uma assimetria que, se ignorada, esvazia o potencial político do debate sobre relações raciais: não existe equivalência entre a branquitude e outras identidades raciais. Isso significa que não é possível dizer, por exemplo, que a negritude é a identidade racial construída por negros e que a branquitude é a identidade racial construída por brancos, sem que se deixem bem marcadas as assimetrias entre os grupos e a condição de privilégio conferida aos brancos. Dito de outro modo, falar em relações raciais é sempre falar em relações de poder.[1] Todas as identidades raciais existentes são, em princípio, uma forma de resistência à branquitude.

Ao longo do século XX, movimentos sociais de ressignificação de identidades raciais despontam mundo afora, buscando construir

---

1. Dadas as assimetrias descritas, muitos/as autores/as preferem falar em *branquidade*, diferenciando linguisticamente os termos e evitando paralelismos que o sufixo (branqui**tude**/negri**tude**) poderia sugerir.

referências positivas para povos negros e indígenas, assumindo, portanto, a nomenclatura forjada durante a dominação colonial, mas reconstruindo seus sentidos e delineando pautas de reivindicação por reparação histórica das incontáveis perdas decorrentes da escravização, pilhagem e violação de direitos infringidas por europeus e seus descentes a negros e indígenas. Podemos citar como exemplos o movimento por direitos civis, nos Estados Unidos, o Movimento Negro Unificado, no Brasil, a négritude, na França; os movimentos indígenas que despontam em toda a América Latina.

No entanto, dizer apenas que branquitude é uma identidade sócio-histórica adiciona poucos elementos ao debate, pois todas as identidades sociais que conhecemos podem ser definidas exatamente da mesma maneira. Por isso, desde a emergência do campo de estudos críticos da branquitude, muitos trabalhos buscam conceituá-la melhor e descrever as formas sociais de sua operação. A leitura desses trabalhos revela que há, pelo menos, três sentidos recorrentemente associados à branquitude: i) lugar estrutural/ institucional de privilégio; ii) conjunto de significados e valores culturais/simbólicos que sustentam ideologicamente o racismo; e iii) identidade social construída por pessoas identificadas como brancas[2], dimensões que discutiremos nas seções a seguir.

A dimensão institucional da branquitude

Falar em dimensão institucional exige uma mirada às maneiras como a branquitude se relacionou (e relaciona) com estruturas de poder, indo muito além de posturas individuais.

Os estudos quantitativos que demonstram como bens e serviços sociais estão alocados de forma racialmente desigual em quaisquer sociedades multirraciais são fortes evidências de como instituições

2. O esquema analítico ora proposto é inspirado no modelo de Harding (1986) para explicar as diferentes dimensões da opressão de gênero a partir de três dimensões: institucional, simbólica e individual.

sociais tendem a favorecer pessoas brancas. Se tomarmos por base o Brasil, seja qual for o indicador de bem-estar social considerado, brancos estarão em vantagem, figurando entre os mais ricos, apresentando escolarização mais longeva, tendo maior acesso aos melhores postos de trabalho e melhores condições de moradia.[3]

A alocação desigual de recursos tem suas origens nas maneiras como o acesso à propriedade privada se delineou em diferentes contextos. Harris (1993) postula que, nas sociedades capitalistas, tal relação se expressa a partir de três âmbitos: propriedade de corpos, propriedade de terras e propriedade das expectativas sociais. Se a propriedade de corpos não é mais regulada institucionalmente, dada o fim dos sistemas escravistas, essa deixou como legado estruturas sociais que pouco se moveram, sendo inclusive ampliadas, caso da concentração de renda e terra em mãos brancas, por exemplo. Isso explica a permanência do grupo branco nas posições de maior poder.

Assim, a brancura funciona como "um tipo de *status* em que a identidade racial branca fornece a base para a alocação de recursos sociais de caráter público e privado" (Harris, 1993, p. 1709, tradução minha), configurando o que a literatura denomina *privilégio branco*. Ele se apresenta institucionalmente nas políticas de alocação de mão de obra, nos sistemas judiciário e educacional, nas regras eleitorais, nos mecanismos de seleção para acesso a vagas públicas, como vestibulares e concursos, e em outras tantas esferas dominadas por brancos ou reguladas por uma lógica que os privilegia (Mills, 1997).

Para assegurar o controle das instituições, muitas vezes a violência foi a principal estratégia utilizada, aproximando a branquitude de regimes de terror, fartamente documentados, que vão desde grandes movimentos, como nazismo e fascismo, passando pela violência cotidiana experimentada na relação com o Estado e seus representantes.

A dimensão institucional "assegura vantagens a todos os cidadãos [...] brancos e mantêm a subordinação dos não brancos" (Mills, 1997, p. 13-14 *apud* Carneiro, 2005, p. 48). A manutenção da subordinação,

---

3. Ver: IPEA. *Retrato das desigualdades de raça e gênero entre 2005 e 2015.*

obviamente, não depende apenas da coerção violenta, mas de processos simbólicos que legitimam as posições sociais desigualmente ocupadas por grupos racialmente diferentes.

A dimensão simbólica da branquitude

O sistema de vantagens para brancos, descrito anteriormente, só existe porque há um conjunto de valores socialmente compartilhados que não apenas nos habilita a reconhecer quem é branco, mas também permite associar a essa percepção uma série de valores, significados sociais e ideias sobre superioridade.

São esses valores e significados compartilhados que embasam a construção de estereótipos positivos associados aos brancos, que supostamente permitem inferir comportamentos, características e habilidades de sujeitos, mesmo antes de conhecermos suas realizações. A título de ilustração, consideremos duas fotos, retiradas de uma campanha de combate ao racismo proposta pelo Governo Estadual do Paraná, que viralizou nas redes sociais em 2016[4]:

Fonte: Print da tela do vídeo disponível no Youtube.
Disponível em: <https://www.youtube.com/watch?v=JtLal_jcoDQ>

---

4. A íntegra da campanha pode ser acessada em: http://www.dedihc.pr.gov.br/modules/noticias/article.php?storyid=39

No vídeo da campanha paranaense, dois sujeitos, vestidos exatamente da mesma maneira, são avaliados de modos completamente diferentes em razão de sua pertença racial: enquanto o negro está fugindo, o branco está atrasado para um compromisso. No desenrolar do vídeo, uma das pessoas que interpretam as fotos, complementa sua avaliação, alegando que o sujeito negro é um ladrão.

No debate sobre o racismo à brasileira, nos acostumamos a enfatizar os estereótipos negativos que pesam sobre grupos subordinados, mas falamos pouco sobre os estereótipos positivos que balizam os delírios de superioridade branca, é o que explica as diferentes avaliações das fotos.

Além de estereótipos positivos, a dimensão simbólica da branquitude também se expressa em práticas que alguns autores denominam como "não-marcadas" ou "não-nomeadas" (Frankenberg, 2004).

Como a branquitude é a identidade normativa, as práticas sociais de pessoas brancas são vistas em termos racialmente neutros. Assim, dificilmente um grupo composto apenas por pessoas brancas será visto como um grupo racial, mas uma ou mais pessoas negras serão sempre associadas à racialidade. Um branco é o representante de si mesmo, um negro é o representante de todo o seu grupo racial (Piza, 2002).

É justamente por esse silenciamento a respeito da brancura que um programa de seleção de candidatos a emprego que culmine, ano após ano, na escolha de brancos pode ser encarado exclusivamente como baseado no mérito. Mas, uma seleção de *trainees* que vise o aumento do número de executivos negros numa determinada empresa, é vista como uma política empresarial racista por setores conservadores de nossa sociedade[5].

---

5. Neste ponto, faz-se necessário destacar que, dadas as origens sócio-históricas do racismo e suas dimensões que vão além da expressão individual de julgamentos depreciativos, é impossível falar em racismo reverso ou assemelhado. Para fazê-lo, seria preciso haver um processo de dominação colonial encabeçado por africanos ou indígenas, bem como de recriação da ideologia racial, invertendo os polos de hierarquização. Operações sociais impossíveis.

Dessa discussão é possível depreender uma segunda definição de branquitude: ela é *um conjunto de valores, significados e ideias arbitrariamente associado aos brancos que transforma a brancura num objeto de idealização ética, estética, econômica e intelectual, supostamente indicativa de superioridade racial*. Tal idealização é, em grande parte, construída às expensas de grupos racialmente subordinados e existe porque um número expressivo de pessoas acredita — e/ou não questiona — a idealização da brancura e os delírios de superioridade nos quais ela se assenta (Alves, 2012b).

A dimensão individual da branquitude

Como pessoas autoidentificadas brancas constroem sua identidade racial e lidam com estruturas institucionais e simbólicas que as beneficiam? Na resposta a essa questão encontra-se a terceira, mas não menos importante, dimensão da branquitude, aquela que é experimentada pelos sujeitos.

Arriscamo-nos a afirmar que boa parte das experiências de vida de pessoas brancas não correspondem às idealizações da brancura e delírios de superioridade caraterísticos da branquitude (Alves, 2012a), dificilmente encontraremos uma pessoa branca comum que reivindique para si o status de beleza, moralidade e inteligência que compõem a idealização branca, mas fato é que ser socialmente reconhecido como branco é ser previamente considerado como portador legítimo desses significados.[6]

Ao serem expostas cotidianamente às dimensões institucional e simbólica da branquitude, pessoas brancas refletem pouco sobre o privilégio delas decorrentes. É comum que interpretem suas posições sociais como fruto exclusivo de seu esforço individual.

---

6. Ninguém ficaria surpreso, por exemplo, ao descobrir que o dono de um carro luxuoso é uma pessoa branca, mas não podemos dizer o mesmo caso o proprietário seja negro. O primeiro é considerado portador legítimo da "riqueza" ou do "sucesso", sentidos associados à brancura.

McIntosh (1989) salienta que essa postura não é mero acaso. A autora argumenta que pessoas brancas são cuidadosamente ensinadas a não reconhecerem o papel do racismo na configuração do privilégio racial que experimentam ao longo da vida.

Nesse cenário, brancos dificilmente refletem sobre a própria racialidade, o que implica que falar em identidade branca numa perspectiva de constituição identitária é, muitas vezes, um debate no negativo: acessa-se a percepção que brancos têm de si a partir das descrições que eles fazem de grupos subordinados. Ser branco, nessa chave relacional, especialmente no Brasil, é equivalente a "não ser negro" (Alves, 2012a).

No entanto, é possível identificar momentos históricos em que brancos reivindicaram seu pertenciamento racial ostensivamente, resultando em episódios que marcaram de maneira indelével outros grupos raciais. São exemplos a escravização, como discutido no início deste ensaio, o holocausto, os linchamentos promovidos pela Ku Klux Klan, as recentes marchas do "orgulho branco" e de supremacistas apoiando a violência estatal contra pessoas negras.

Estamos, pois, diante de um complexo dilema. De um lado, o silenciamento a respeito da branquitude e da identidade individual de pessoas brancas mantém as desigualdades raciais intocadas; de outro, os exemplos históricos evidenciam que quando brancos realizaram reivindicações sociais, baseando-se em sua racialidade, exacerbaram processos de violação de direitos para minorias raciais e fizeram recrudescer os sistemas de opressão.

A solução para esse dilema talvez esteja na separação conceitual entre branquitude e identidade individual de pessoas brancas, é possível, sinalizam alguns ativistas, constituir-se como branco antirracista, como alguém que rompeu com a branquitude, ao menos na perspectiva de percepção de si. Não se trata, portanto, de colocar a racialidade branca no centro do debate de modo a reforçar a branquitude, mas sim de problematizar o papel dos brancos na construção e manutenção das hierarquias raciais.

Nas últimas décadas, despontam projetos de letramento racial (DiAngelo, 2018), propostas metodológicas para auxiliar pessoas brancas a reconhecerem seu privilégio racial (McIntosh, *op. cit.*), descrição de estágios para o engajamento de brancos no combate ao racismo (Kilomba, 2019). Essa pedagogia antirracista construída da perspectiva de brancos, infelizmente, tem seu potencial timidamente discutido nas propostas de educação em direitos humanos. Esta é uma enorme lacuna, pois, se o racismo é um sistema de dominação construído e operado por brancos, discutir a branquitude é um caminho para a construção da consciência crítica necessária à sua superação.

Considerações finais

Ao longo do texto, trabalhamos com o esquema conceitual proposto por Sandra Harding, buscando analisar como a branquitude se expressa nas experiências individuais, nas instituições sociais e nos sistemas simbólicos.

Embora tratadas assim, separadamente, de modo a facilitar a construção do texto, a imagem mais adequada para ilustrar essas três dimensões seria esta: Isso porque, na experiência cotidiana, é impossível separar aquilo que nos constitui como sujeitos, das relações institucionais que vivenciamos na escola, no trabalho, na família... Bem como é impossível separar-nos dos sistemas simbólicos que nos permeiam e que dão sentido ao nosso estar no mundo. A construção identitária não se faz num vazio institucional e cultural, tampouco é possível haver um conjunto de ideias sobre superioridade branca, se este não for ratificado por sujeitos e grupos. De modo assemelhado, a dimensão institucional é operada por pessoas de carne e osso que encabeçam processos (seguram o cacetete, assinam sentenças, escolhem/excluem candidatos em seleções).

Se todas as dimensões são imbricadas, sobrepostas, relacionadas, é possível afirmar que quando problematizamos uma delas, estamos provocando mudanças nas demais. Esta é a aposta dos projetos de

Educação em Direitos Humanos que visam, entre outros objetivos, a desconstrução do racismo. Ao longo do texto, argumentamos que esse objetivo depende em grande medida da desconstrução da branquitude, o que transforma o racismo num problema também (talvez principalmente) dos brancos. Transformar a desconstrução da branquitude num projeto de educação em direitos humanos implica disposição para desmistificar a idealização branca, explicitar o componente delirante da ideia de superioridade branca, escancarar as diferentes facetas do privilégio branco. Em outros termos, significa trazer criticamente os brancos para o centro do debate.

Ainda estamos bastante distantes da concretização de uma pedagogia que permita a construção de identidades brancas antirracistas, verdadeiramente engajadas no reconhecimento do racismo e na reparação de seus efeitos. Mas, a recente colocação da branquitude em debate nos parece ser o início desse processo. Esperançamos!

Referências

AHMED, S. Declarations of Whiteness — the Non-performativity of Anti-racism. *In: Borderkabds e-journals*, v. 3, n. 2, 2004.

ALVES, L. *Ser branco* — no corpo e para além dele. São Paulo: Hucitec, 2012a.

ALVES, L. O branco nas relações raciais construídas na escola. *In:* CARVALHO, M. (org.). *Diferenças e desigualdades na escola*. São Paulo: Papirus, 2012b.

ALVES, L. Da homologia entre sexo e raça: um esboço de aproximação conceitual. *In:* CARVALHO, M.; VIANA, C. (org.). *Gênero e Educação*. Belo Horizonte: Autêntica, 2020.

APPLE, M. Consumindo o outro — branquidade, educação e batatas fritas baratas. *In: A escola básica na virada do século* — cultura, política e currículo. São Paulo: Cortez Editora, 2002.

BENTO, M. S. Branquitude: o lado oculto do discurso sobre o negro. *In:* BENTO, M. A. S.; CARONE, I. (org.). *Psicologia Social do Racismo*. Petrópolis: Vozes, 2002. p. 147-162.

CARNEIRO, S. *A construção do Outro como Não-Ser como fundamento do Ser*. Tese (Doutorado em Educação). Universidade de São Paulo, 2005.

DiANGELO, R. *White Fragility:* Why Is So Hard For White People to Talk About Racism. Beacon Press, 2018.

DYER, R. White. *In: Screen,* v. 29, n. 4, 1988.

FRANKENBERG, R. A miragem de uma branquitude não marcada. *In*: WARE, V. (org.). *Branquidade, identidade branca e multiculturalismo*. Rio de Janeiro: Garamond, 2004.

FRANKENBERG, R. *White Women, Race Matters:* the Social Construction of Whiteness. Mineapolis: University of Minnesota Press, 2004.

HARDING, S. *The Science Question in Feminism.* Ithaca: Cornnel University Press, 1986.

HARRIS, C. Whiteness as a Property. *Harvard Law Review,* n. 106, june, 1993.

KILOMBA, G. *Memórias da plantação:* episódios de racismo cotidiano. Rio de Janeiro: Cogobó, 2019.

McINTOSH, P. Unpacking the Invisible Knapsack. *In: Peace and Freedom Magazine,* jul./ago., 1989.

MILLS, C. *The Racial Contract.* Ithaca: Cornnel University Press, 1997.

PIZA, E. Porta de Vidro: entrada para a branquitude. *In:* BENTO, M. A. S.; CARONE, I. (org.). *Psicologia Social do Racismo:* estudos sobre branquitude e branqueamento no Brasil. Petrópolis: Vozes, 2002.

SLEETER, C. How White Teachers Construct Race. *In:* MacCarthy; Crichlow (org.) *Race, Identity and Representation in Education.* New York: Routlege, 1993.

SLEETER, C. Critical Multicultural Curriculum and the Standars Movement. *In: English Teachers:* Practice and Critique, v. 3, n. 2, 2004.

STEYN, M. Novos matizes da "branquidade": a identidade branca numa África do Sul multicultural e democrática. *In:* WARE, V. (org.). *Branquidade, identidade branca e multiculturalismo.* Tradução: Vera Ribeiro. Rio de Janeiro: Garamond, 2004.

CAPÍTULO 9

O racismo e o sofrimento psicossocial como mal-estar colonial: notas sobre a interdição racializada do reconhecimento em Frantz Fanon

Deivison Mendes Faustino

Introdução

A análise fanoniana da subjetividade busca relacionar tanto o "impacto do mundo social sobre a emergência dos sentidos e identidades humanas" quanto "as situações individuais [que] se relacionam com o desenvolvimento e a preservação política e social das instituições" (Gordon, 2015, p. 2). Esta posição é nítida já em *Peau noire, masques blancs* (1952)[1] em que o autor discute as potencialidades e limites das perspectivas psicológicas liberais ao afirmar: "Reagindo contra a tendência constitucionalista em psicologia do fim do século XIX, Freud, através da Psicanálise, exigiu que fosse levado em consideração o fator individual. Ele substituiu a tese filogenética pela perspectiva ontogenética". A posição de Fanon é a do "sociodiagnóstico", ou seja, "a alienação do negro não é só uma questão individual. Ao lado da filogenia e da ontogenia, há a sociogenia" (Fanon, 2008, p. 28).

Isto significa que, para ele, se nos ativermos ao tema central deste artigo, os processos pelos quais o colonialismo se constitui — bem como suas implicações traumáticas para a subjetividade do colonizado — só se tornam inteligíveis quando tomados em suas determinações historicamente concretas: a modernidade capitalista e sua necessidade de converter o que é genuinamente humano em objeto de sua acumulação. Por isso, insiste:

> Antes de abrir o dossiê, queremos dizer certas coisas. A análise que empreendemos é psicológica. No entanto, permanece evidente que a verdadeira desalienação do negro implica uma súbita tomada de consciência das realidades econômicas e sociais. Só há complexo de inferioridade após um duplo processo: — inicialmente econômico; — em seguida, pela interiorização, ou melhor epidermização dessa inferioridade (Fanon, 2008, p. 28).

Por outro lado, essa *tomada de consciência* deveria ser pautada por uma análise que ultrapassasse a dimensão meramente econômica da dominação. O próprio marxismo francês do século XX, com o qual Fanon dialoga criticamente ao longo da sua produção, precisaria, segundo argumenta, ser *estendido* (Fanon, 2010, p. 56) para dar conta desse mundo (colonial) onde até a dialética opera com restrições. Nesse

1. Escrito aos 26 anos para ser o Trabalho de Conclusão de Curso em psiquiatria do autor. No entanto, o texto foi rejeitado pelo orientador por se distanciar das expectativas biologicistas do curso (Faustino, 2018a).

sentido, o sociodiagnóstico de Fanon aponta para a existência de um *mal-estar* particular, implícito à experiência colonial. É este o aspecto que será explorado no presente trabalho. Para tal, será retomada a teoria hegeliana do reconhecimento e, em seguida, discutir como Fanon se apropria e transfigura essa teoria para os fins de elucidar aquilo que estamos nomeando aqui como mal-estar colonial.

A interdição (colonial) do reconhecimento hegeliano

Em um estreito diálogo com o existencialismo francês de sua época, Fanon oferece uma abordagem positiva dos conflitos humanos individuais. Para ele, a vida humana é plena de contradições e dilemas sócio-psíquicos-existenciais dos mais variados que, embora difíceis e às vezes insuportáveis, possibilitam ampliar a nossa consciência de mundo, a nossa liberdade e a nossa responsabilidade conosco e com os outros. Não seria possível viver sem conflitos e somente aqueles que ousam encará-los de frente, descendo *aos verdadeiros infernos*, podem assumir a responsabilidade pela própria existência. Ao comentar esse aspecto da reflexão, o filósofo jamaicano Lewis Gordon associa Fanon a Dante Alighieri em sua descida ao inferno. Para ele, em *Peau noire, masques blancs*, Fanon nos oferece a possibilidade dessa descida:

> A conexão com o Inferno de Dante levanta a questão, no entanto, do papel de Fanon em seu texto. É Fanon Dante, o candidato ameaçado pelo pecado (o "fogo" que ele trouxe para a verdade), ou Virgílio, o ("arrefecido") guia de Limbo? Ou ele é ambos, ao mesmo tempo? O mundo social é tal que não é simplesmente uma mediação formal de filogenia e ontogenia. Ele também oferece o conteúdo, a estética, e as dimensões "vividas" da mediação. Fanon, nosso guia, então, planeja levar-nos através das camadas de mediação oferecidas ao negro. Como tal, ele funciona como Virgílio guiando-nos através de um mundo que muitos de nós, sendo "imbecis", precisam, mas muitas vezes se recusam a ver (Gordon, 2015, p. 19-20).

Desde o início, é nítido que Fanon está disposto a descer aos verdadeiros infernos e encontrar-se no nível mais profundo da existência humana como "um homem entre outros homens". Mas o problema, como vimos, é que o colonialismo impede que o negro realize essa decida, como argumenta: "Há uma zona de não-ser, uma região extraordinariamente estéril e árida, uma rampa essencialmente despojada, onde um autêntico ressurgimento pode acontecer", mas a "maioria dos negros não desfruta do benefício de realizar esta descida aos *verdadeiros infernos*" (Fanon, 2008, p. 26, grifos meus).

A racialização do mundo contemporâneo implica, para Fanon, não o surgimento de mais um conflito existencial — ou discriminação ou preconceito —, mas a impossibilidade, para os povos racializados, de viver plenamente os conflitos existenciais que nos fazem humanos. A partir dessa constatação, o autor estabelece um diálogo crítico com a dialética hegeliana (Gordon, 2015; Sekyi-Otu, 1996).

É válido recordar que a época que Fanon escreve *Peau noire, masques blancs* (1952), na França, foi marcada por uma *leitura* de Hegel que identificava na problemática da *alienação* e da *alegoria do senhor e do escravo* uma metáfora para problematizar as contradições econômicas e sociais. A tradução de Hegel para a língua francesa por Kojeve e Hyppolite, bem como a então recente circulação dos manuscritos econômicos e filosóficos de Marx, foram tomadas como as principais referências teóricas para as reflexões de Fanon e dos principais autores em que ele se apoiou (Ortiz, 1995). Por esse motivo, o breve retorno a Hegel e a sua comparação com Fanon pode ser ilustrativo para o debate proposto.

Em seu estreito comprometimento com a concepção de sociedade civil oferecida pelos economistas burgueses de sua época, Hegel elaborou uma *teleologia teológica* que atribuía ao Estado moderno a "autorrealização da razão", a "justificação de Deus na história" (HegeL, 2008, p. 29-30). Se, por um lado, essa formulação se desenvolveu a partir de uma categoria abstrata lógico-filosófica que identifica na Europa — mais precisamente no Estado germânico — *a universalidade autoantecipadora do espírito universal*[2], por outro lado, contraditoriamente, oferece um esquema especulativo que aponta para uma *abertura radical da história* que considera o "lado subjetivo e ativo do processo multifacetado dos intercâmbios sócio-históricos", constituindo, assim, uma "grande conquista no caminho de tornar a dinâmica geral do desenvolvimento histórico inteligível em termos da intervenção humana consciente" (Mészáros, 2008, p. 130).

Assim, embora Hegel esbarre nesse "fechamento arbitrário da dinâmica histórica na estrutura do Estado moderno" (ibidem, p. 129), sua problematização sobre a relação entre o *Eu* e o *Outro* vai além das dimensões subjetivas e intersubjetivas, com o objetivo de afirmar a existência da *história* como expansão da liberdade do espírito em direção à *autoconsciência de si*. Em seus escritos, a consciência de *minha* existência depende da interação e, sobretudo, do reconhecimento que os outros atribuem a *mim*, pois é na relação com o *Outro* — como exterioridade objetiva — que me faço e me percebo *Eu*. Em suas palavras: "A consciência-de-si é em si e para si quando e porque é em si e para si para uma outra: quer dizer que só é como algo reconhecido" (Hegel, 1999, p. 126).

No mesmo caminho, mas direcionando a reflexão para pensar o dilema do negro na sociedade moderna, Fanon inicia a seção *B — o preto e Hegel*, do capítulo "O preto e o reconhecimento", em PNMB, afirmando que o "homem só é humano na medida em que ele quer se impor a um outro homem, a fim de ser reconhecido"[3] (Fanon, 2008, p. 180). A dialética do reconhecimento, prossegue Fanon, pressupõe que o *Eu* e o *Outro* se façam humanos em uma relação recíproca, evitando enclausurar um ao outro em sua "realidade natural", caso contrário, a dialética não se completaria, tornando "irrealizável o movimento nos dois sentidos" (*ibidem*, p. 180). Tanto em Hegel quanto em Fanon,

2. O que, em última instância, significaria tomar a sociedade burguesa como horizonte final de desenvolvimento do *Espírito Absoluto*.

3. A utilização do termo *homem* como expressão de *humano* por Frantz Fanon foi alvo de discussão em Chow, 1999; Fuss, 1994; Gordon, 2015; hooks, 1996; Rabaka, 2011; Sharpley-Whiting, 1997; Young, 1996.

a consciência de si é *em-si* e *para-si* porque é legitimada por outra consciência e, portanto, o movimento de reconhecimento pressupõe ir além do *em-si* do próprio sujeito, identificando o seu *ser* no Outro. O movimento dessas duas consciências, cada qual desejando fazer da outra o objeto de sua satisfação, é expresso por uma luta de vida ou morte para provar a si mesma e uma a outra, e é somente a partir dessa luta que a consciência pode elevar-se à *verdade de si*, como se pode ler:

> O indivíduo que não arriscou a vida pode bem ser reconhecido como pessoa; mas não alcançou a verdade desse reconhecimento como uma consciência-de-si independente. Assim como arrisca a própria vida, cada um deve igualmente tender à morte do outro; pois para ele o Outro não vale mais que ele próprio (Hegel, 1999, p. 128).

Nesse ponto, nos deparamos com um aspecto crucial da reflexão, pois esse *Outro* que não arriscou a vida em busca da afirmação de si como liberdade não pode ter a "certeza de si mesmo", ao contrário, "sua essência, se lhe apresenta como um Outro, [que] está fora dele; [e, portanto] deve suprassumir seu ser fora-de-si" (*ibidem*). Não é à toa, recorrendo ao lendário W. E. B. Du Bois, que o racismo antinegro atua na consciência como um *véu* que a leva a se enxergar com o olhar do outro que a nega[4]. Essa consciência cindida — *duplicada* — não pode, portanto, ser puramente *para-si* (independente), mas apenas *para um outro* como *coisidade inessencial*.

4. Du Bois, que também foi leitor de Hegel, ao comentar os dilemas vividos pelo Negro nos EUA coloca o problema da seguinte forma: "o negro é uma espécie de sétimo filho, nascido com um véu e aquinhoado com uma visão de segundo grau neste mundo americano —, um mundo que não lhe concede verdadeira consciência de si, mas que apenas lhe permite ver-se por meio da revelação do outro mundo. É uma sensação estranha, essa consciência dupla, essa sensação de estar sempre a se olhar com os olhos de outros, de medir sua própria alma pela medida de um mundo que continua a mirá-lo com o divertido desprezo e piedade. E sempre a sentir a sua duplicidade — americano e Negro; duas almas, dois pensamentos, dois esforços irreconciliados; dois ideais que se combatem em um corpo escuro cuja força obstinada unicamente impede que se destroce" (Du Bois, 1999, p. 54).

Em Hegel, como se nota, a consciência independente é o *senhor* e a dependente é o *escravo*[5]. Entretanto, a polarização entre uma consciência dependente e uma independente apresenta-se apenas em um nível mais *imediato* da alegoria: de um lado, ao relacionar-se com o mundo e consigo, *mediante* o trabalho do escravo, o senhor afirma-se como potência sobre ele, negando-o em sua *essência*, enquanto sujeito, a partir da *dominação*. Por outro lado, ao fazer do escravo a *coisa* que transforma o seu *desejo* em *gozo*, o senhor se torna *dependente do trabalho* dele, "enquanto a independência deixa-o ao escravo, que a trabalha" (Hegel, 1999, p. 130).

Percebe-se, ao final do processo que, para Hegel, "a consciência inessencial é, nesse reconhecimento, para o senhor, o objeto que constitui a verdade da certeza de si mesmo" (*ibidem*, p. 192), ou seja, o senhor deixa de estar *certo de si* como *verdade* e percebe que a sua verdade é uma "consciência inessencial" que está fora dele. Em contrapartida, a verdade, como "consciência independente", emerge como própria da consciência escrava rumo ao reconhecimento recíproco do ser *em-si* e *para-si* do outro:

> A verdade da consciência independente é, por conseguinte, a consciência escrava. Sem dúvida, esta aparece de início fora de si, e não como a verdade da consciência-de-si. Mas, como a dominação mostrava ser, em sua essência, o inverso do que pretendia ser, assim também a escravidão, ao realizar-se cabalmente, vai tornar-se, de fato, o contrário do que é imediatamente, e entrará em si como consciência recalcada sobre si mesma e se converterá em verdadeira independência (*ibidem*, p. 193).

Esse aspecto da dialética foi recebido com entusiasmo pelo marxismo por destacar a importância do *trabalho* para o ato de fazer-se humano, como é possível ler nos *Manuscritos econômicos e filosóficos:*

---

5. Judith Rollins (2007) e Susan Buck-Morss (2008; 2009) chamam a atenção para o caráter metafórico dos termos *senhor, escravo, servidão* etc., pois tanto para Hegel quanto para Fanon, apesar de suas diferenças e atribuições, os termos não remetiam, necessariamente, à escravidão legalizada, mas a uma metáfora mais ampla referente à dominação.

> [Hegel compreende] a essência do trabalho e concebe o homem objetivado, verdadeiro, pois esse é o homem efetivo como o resultado de seu *próprio trabalho*. O comportamento *efetivo* e *ativo* do homem para consigo mesmo, na qualidade de ser genérico ou a manifestação de si mesmo como ser genérico, isto é, como ser humano, somente é possível porque ele efetivamente exterioriza todas as suas *forças genéricas* — o que, por sua vez, só se torna possível em virtude da ação conjunta dos homens enquanto resultado da história — e se comporta frente a elas como frente a objetos, o que, por sua vez, só é de início possível na forma de alienação (Marx, 1974, p. 43, grifos do autor).

Para Rollins (2007), essa passagem de Hegel reconhece a possibilidade de "os últimos se tornarem os primeiros" (*the last shall be first*), ou seja, dos *dominados* emanciparem-se da alienação, não apenas no plano *lógico-especulativo*, mas, principalmente, como reivindica Marx, no plano *prático-sensível*, transgredindo efetivamente a própria ordem social estabelecida. Não é por acaso que o próprio Hegel, ciente dessas implicações subversivas, buscou amenizá-las em seus escritos futuros, como argumenta Mészáros:

> Horrorizado com as implicações explosivas da dialética objetiva do "senhor" e do "escravo" — que afirmava a existência adequadamente autossustentada e o caráter "*an und für sich*" do trabalho, juntamente com a necessária supressão histórica da "dominação" — demonstrada como absolutamente supérflua em termos da própria avaliação de Hegel —, o autor de *A fenomenologia do espírito* tenta desesperadamente desdizer sua conclusão já na última meia página do capítulo sobre "Domínio e servidão", com o auxílio de malabarismos linguísticos e sofisticação conceitual. Em *A filosofia da história* (e em *A filosofia do direito*), as dúvidas de Hegel desaparecem por completo, e a racionalização ideológica da autoafirmação brutal da ordem social, material e politicamente dominante, através da "prova de fogo da guerra", adquire a rigidez antidialética de um postulado metafísico arbitrário. (Mészáros, 2008, p. 135-136).

O fato que importa para o objeto desse estudo é que, enquanto no idealismo hegeliano a *consciência dominada* eleva-se à condição de *consciência independente (em-si* e *para-si),* servindo ao senhor através do trabalho (Hegel, 1999, p. 132), em Fanon, diferentemente, essa condição só pode ser alcançada através da *prova de fogo da guerra*. É apenas a partir dessa luta para impor-se ao Outro como sujeito que tenho a "certeza subjetiva do meu próprio valor" que se transforma "em verdade objetiva universalmente válida" (Fanon, 2008, p. 181). Isto posto, em termos *sociais*, implicaria a afirmação do ativismo político como único contraponto válido aos processos coloniais e neocoloniais. Entretanto, o problema apresentado por Fanon parece ser ainda mais complexo.

Fanon diagnostica um distúrbio no sistema hegeliano[6], argumentando que o *colonialismo* impede que, de um lado, a consciência "independente" se veja como parte da *outra* que a compõe e, do outro, que a "consciência dominada" alcance a "verdadeira independência" como "consciência-de-si livre". O *Outro* não se lhe aparece (embora continue sendo) como elemento constituinte do *Eu* e, em consequência disso, a universalidade — de ambos, diga-se, conquistada no contato — aparece como próprio de apenas uma delas: ao *dizer* "o que é o humano", o europeu, com as mãos cheias de sangue e a consciência tranquila, *descreve a si mesmo*, excluindo como *menos* ou *não* humano a qualquer outro que não lhe pareça com ele próprio[7]. E, desde então, o *europeu/branco/ocidental* passa a ser tomado como expressão universal do Ser, enquanto o negro...

---

6. Agradeço especialmente ao Prof. Dr. Valter Silvério e à Prof. Dra. Nádia Cardoso por chamarem minha atenção a este detalhe.

7. A ênfase na palavra "dizer" busca chamar a atenção do leitor para o problema relacionado por Fanon e as possíveis discussões daí advindas. Quem tem o poder da fala eleva-se ao posto de Deus: "No princípio era o Verbo, e o Verbo estava com Deus, e o Verbo era Deus. Ele estava no princípio com Deus. Todas as coisas foram feitas por intermédio dele e, sem ele, nada do que foi feito se fez. A vida estava nele e a vida era a luz dos homens. A luz resplandece nas trevas, e as trevas não prevaleceram contra ela" (João, 1:1-5). Lewis Gordon (2015) fala que o racismo antinegro eleva não só o branco, mas também tudo aquilo que se identifica como ocidental à categoria de divindade (*teodicy*). Não é à toa, como lembra Henry (2000), que o nativo Caliban, da novela *The Tempest*, de Shakespeare, se vê diante de um dilema existencial: para amaldiçoar o seu algoz, precisa aprender a sua língua e, com ela, os valores que o negam como ser humano. No mesmo caminho, Spivak (1988) formula o célebre questionamento: "Pode o subalterno falar?".

> "Preto sujo!" Ou simplesmente: "Olhe, um preto!" Cheguei ao mundo pretendendo descobrir um sentido nas coisas, minha alma cheia do desejo de estar na origem do mundo, e eis que me descubro objeto em meio a outros objetos. Enclausurado nesta objetividade esmagadora, implorei ao outro. Seu olhar libertador, percorrendo meu corpo subitamente livre de asperezas, me devolveu uma leveza que eu pensava perdida e, extraindo-me do mundo, me entregou ao mundo. Mas, no novo mundo, logo me choquei com a outra vertente, e o outro, através de gestos, atitudes, olhares, fixou-me como se fixa uma solução com um estabilizador. Fiquei furioso, exigi explicações... Não adiantou nada. Explodi. Aqui estão os farelos reunidos por um outro eu (Fanon, 2008, p. 103).

As consequências são incontornáveis: enquanto o escravo hegeliano almeja e luta pela liberdade e, mesmo quando dominado, conquista-a a partir do trabalho, o escravo em Fanon, que também quer ser livre, se depara com um mundo onde a brancura é a medida da liberdade, da humanidade e da universalidade. Nesses termos racializados, a *negação*, implícita à dinâmica do reconhecimento, adquire um aspecto anômalo, inviabilizando o funcionamento de todo o sistema: fechado em sua *coisidade* reificada, o negro não busca mais liberdade, mas ser branco. Assim, lamenta Fanon, "não há luta aberta entre o branco e o negro", pois "o Negro [...] não sustentou a luta por liberdade":

> O preto é um escravo a quem se permitiu adotar uma atitude de senhor.
> O Branco é um senhor que permitiu a seus escravos comer na sua mesa.
> Um dia, um bom senhor branco que tinha influência disse a seus colegas: "sejamos amáveis com os pretos".
> Então os senhores brancos, resmungando, pois ainda assim era difícil, decidiram elevar homens-máquinas-animais à posição suprema de *homens* [...] (Fanon, 2008, p. 182).

Assim como na *consciência dupla* de Du Bois (1999), o negro é um *Outro* que acreditou na retórica que o mantém *fora* daquilo que se entende por humano e, uma vez imbuído desse olhar reificador, age direcionando a negação contra si próprio e não ao outro que se lhe opõe resistência. Porém, em Fanon, o problema adquire uma expressão ainda mais profunda: o negro não existe *em-si*, enquanto ser substantivo; é apenas uma abstração (*Weltanschauung*) reificada da sociedade colonial. Sua presença é atestada apenas como predicado à agencia do "verdadeiro" *sujeito* (o colonizador). O negro só aparece no esquema humano para atuar em relação ao branco e, diante dele, vê sua resistência ontológica desfazer-se em um vazio dolorosamente nauseante (Fanon, 2008, p. 104):

> A reviravolta atingiu o negro, vinda do exterior. O negro foi atingido. Valores que não nasceram de sua ação, valores que resultaram da ascensão sistólica do seu sangue, vieram dançar uma roda colorida em torno dele. A reviravolta não diferenciou o preto. Ele passou de um modo de vida a outro, mas não de uma vida a outra [...]. O negro contentou-se em agradecer ao branco [...]. De tempos em tempos ele luta pela Liberdade e pela Justiça, mas se trata sempre de liberdade branca e de justiça branca, de valores secretados pelos senhores. O antigo escravo, que não encontrava na sua memória nem a luta pela liberdade nem a ânsia da liberdade de que fala Kierkegaard, fica com a garganta seca diante do jovem branco que brinca e canta na corda bamba da existência (*ibidem*, p. 182-183).

A referência a Kierkegaard é bastante elucidativa da posição de Fanon sobre a *existência humana* e o seus conflitos paradoxais, pois, para ele, "o homem é um SIM vibrando com as harmonias cósmicas: desenraizado, disperso, confuso, condenado a ver se dissolverem, uma após as outras, as verdades que elaborou, é obrigado a deixar de projetar no mundo uma antinomia que lhe é inerente" (Fanon, 2008, p. 26), mas ao negro... lamenta o autor, não é permitido *descer aos verdadeiros infernos* e, por isso, a dialética se vê inviabilizada.

> Esperamos ter mostrado que aqui o senhor difere essencialmente daquele descrito por Hegel. Em Hegel há a reciprocidade, aqui o senhor

> despreza a consciência do escravo. Ele não exige seu reconhecimento, mas o seu trabalho. Do mesmo modo, o escravo não é de forma alguma assimilável àquele que, perdendo-se no objeto, encontra no trabalho a fonte de sua libertação. O negro quer ser como o senhor. Assim, ele é menos independente do que o escravo hegeliano. Em Hegel, o escravo se afasta do senhor e se volta para o objeto. Aqui, o escravo volta-se para o senhor e abandona o objeto (*ibidem*, p. 183).

O mal-estar colonial: conclusões preliminares

Para Fanon, os processos de diferenciação racializada, originados e desenvolvidos no seio da sociedade de classe, provocam uma quebra do contrato narcísico, provocando um efeito disruptivo sobre a subjetividade das pessoas negras (Aulagnier, 1979 *apud* Rosa, 2002). Essa disrupção não é exclusividade nem dos momentos iniciais (primitivos) de desenvolvimento capitalista e nem do atual estágio de acumulação, mormente nomeado como neoliberalismo.

Embora encontre nesta fase de acumulação a potencialização do rompimento de seus laços sociais pertinentes a uma possível gratificação narcísica, é mister reconhecer que a desorganização subjetiva decorrente da emergência daquilo que está fora do sentido e da significação (Rosa, 2002) foi a tônica sistêmica da inserção produtiva (e, portanto, social) desses sujeitos que chegaram ao "novo mundo" na condição de escravos-objetos e seguiram estruturalmente objetificados, mesmo após a abolição da escravidão (Faustino, 2010; 2013; 2014; Moura, 1994a; 1994b).

Como alerta Fanon em seu conceito de "duplo narcisismo", o colonialismo representou a interdição do reconhecimento do negro como parte da humanidade-genérica e, ao mesmo tempo, a fixação naturalizante de sua imagem em seus atributos historicamente determinados ou fantasiosamente imaginados, ocasionando uma série de distorções sobre percepção de si de negros e brancos, por isso afirma enfaticamente que o "branco está fechado em sua brancura. O negro está fechado em sua negrura. Tentaremos determinar as tendências desse duplo narcisismo e as motivações que ele implica" (Fanon, 2008, p. 27).

Se o sujeito necessita do Outro para forjar a imagem sobre si (consciência de si), mas este Outro não o valida como alter-*idem*, apenas como *ipseidade radicalmente objetificada*, a distância pendular entre a demanda inconsciente e a resposta do Outro fica prejudicada, podendo resultar em uma "suspensão do luto e uma posição melancólica em que o sujeito não nomeia a dor eternizada, que não passa" (Rosa, 2018). No caso do negro em uma sociedade racista em sua sistêmica objetificação, Fanon se pergunta:

> Qual a nossa proposição? Simplesmente esta: quando os pretos abordam o mundo branco, há uma certa ação sensibilizante. Se a estrutura psíquica se revela frágil, tem-se um desmoronamento do ego. O negro cessa de se comportar como indivíduo acional. O sentido de sua ação estará no Outro (sob a forma do branco), pois só o Outro pode valorizá-lo. No plano ético, ou seja, valorização de si (Fanon, 2008, p. 136).

Conclui-se, assim, que o racismo enquanto ideologia (Moura, 1994a), e os seus efeitos concretos ao metabolismo social (Mészáros, 2006) moderno, e brasileiro, em particular, representa uma das modalidades de violência sistêmica geradoras do sofrimento psíquicossocial e, em alguns casos, inclusive de adoecimento (CRP, 2007). Esse tema, longe de ser uma preocupação apenas da Psicologia, tem sido cada vez mais tematizado no âmbito do Serviço Social.

A existência desse debate, no entanto, ainda não foi suficiente para garantir a devida atenção ao tema e, em consequência, as dimensões raciais da exploração de classe — mormente conhecidas como "a questão social" — seguem como um assunto periférico na formação dos assistentes sociais. Por outro lado, a realidade concreta tem nos convocado a enfrentar esse tema. A grande pergunta, como nos provocou Fanon, é se cumpriremos nossas tarefas históricas ou a trairemos em nome de um pacto narcísico cego ao racismo e a seus efeitos sobre a saúde mental.

Referências

AULAGNIER, P. *A violência da interpretação.* Rio de Janeiro: Imago, 1979, p. 153.

BUCK-MORSS, S. Hegel and Haiti. *Critical Inquiry.* v. 26, n. 4, 2000, p. 821-865.

BUCK-MORSS, S. Hegel, Haiti and Universal History. *In: Illuminations:* cultural formations of the Americas. Pittsburgh: University of Pittsburgh Press, 2009.

CHOW, R. Female Sexual Agency, Miscegenation, and the Formation of Community in Frantz Fanon. *In*: ALESSANDRINI, A. *Frantz Fanon:* Critical Perspectives. London and New York: Routledge, 1999.

DU BOIS, W. E. B. *As almas da gente negra.* Rio de Janeiro: Lacerda Editores, 1999.

FANON, F. *Peau noire, masques blancs.* Paris: Editions du Seuil, 1952.

FANON, F. *Pele negra, máscaras brancas.* Salvador: EDUFBA, 2008.

FANON, F. *Os condenados da terra.* Juiz de Fora: Ed. UFJF, 2010.

FANON, F. *Pour la révolution africaine, Écrits politiques*, Maspero, 1964. English translation, *Toward the African Revolution*, trans. Haakon Chevalier. New York: Grove Press, 1967.

FAUSTINO, D. M. O encarceramento em massa e os aspectos raciais da exploração de classe no Brasil. *In:* Encarceramento em Massa, símbolo do Estado Penal. *PUC Viva,* ano 11, n. 39. set./dez. 2010.

FAUSTINO, D. M. A emoção é negra e a razão é helênica? Considerações fanonianas sobre a (des)universalização do "ser" negro. *Revista Tecnologia e Sociedade* (Online), v. 1, 2013a, p. 121-136.

FAUSTINO, D. M. O pênis sem o falo: algumas reflexões sobre homens negros, masculinidades e racismo. *In:* BLAY, E. A. (org.). *Feminismos e masculinidades:* novos caminhos para enfrentar a violência contra a mulher. São Paulo: Cultura Acadêmica, 2014.

FAUSTINO, D. M. *Frantz Fanon:* um revolucionário, particularmente negro. São Paulo: Ciclo Contínuo Editorial, 2018a, 144 p.

FAUSTINO, D. M. Notas introdutórias sobre o "Africana Philosophy" e o humanismo pós-colonial de Lewis Gordon. *Entreletras,* Araguaína, v. 9, n. 1, jan./jun. 2018b.

FREUD, S. Mal-estar da civilização. *In: Edição Standard Brasileira das Obras Completas de S. Freud.* Rio de Janeiro: Imago, v. VII, 1972.

FUSS, D. Interior Colonies: Frantz Fanon and the Politics of Identification. *Diacritics,* v. 24, n. 2/3, 1994, p. 19-42.

GORDON, L. R. *What Fanon Said:* a Philosophical Introduction to his Life and Thought. Fordham University Press Publication, 2015.

HEGEL, G. W. F. *Fenomenologia do espírito.* 4. ed. Petrópolis: Vozes, 1999.

HEGEL, G. W. F. *Filosofia da história.* Brasília: Editora Universidade de Brasília, 2008.

HENRY, P. *Caliban's Reason:* Introducing Afro-Caribbean Philosophy. New York: Routledge Library Binding, 2000.

hooks, b. Feminism as a Persistent Critical of History: What's Love Got to do With it? *In:* READ, A. (org.). *The Fact of Blackness:* Frantz Fanon and Visual Representation. London: Institut of Contemporary Arts, 1996.

MARX, K. *Manuscritos econômico-filosóficos e outros textos escolhidos.* Rio de Janeiro: Abril Cultural, 1974.

MÉSZÁROS, I. *Filosofia, Ideologia e Ciência Social.* São Paulo: Boitempo, 2008.

MOURA, C. O racismo como arma ideológica de dominação. *Revista Princípios,* São Paulo, n. 34, p. 28-38, 1994a.

MOURA, C. *Dialética radical do Brasil negro.* São Paulo: Editora Anita Garibaldi, 1994b.

ORTIZ, R. Frantz Fanon: um itinerário político e intelectual. *Ideias,* Campinas, v. 2, n. 1, 1995.

RABAKA, R. Revolutionary Fanonism: on Frantz Fanon's Modification of Marxism and Decolonization of Democratic Socialism. *Socialism and Democracy,* v. 25, 2011.

ROLLINS, J. 'And the Last Shall Be First': The Master-Slave Dialectic in Hegel, Nietzsche and Fanon. *Human Architecture: Journal of the Sociology of Self-Knowledge*, v. 5, n. 3, 2007.

ROSA, M. D. Psicanálise implicada: vicissitudes das práticas clínico-políticas. *Veredas: psicanálise e Imigração*, São Paulo, n. 4, 2018. Disponível em: https://www.veredaspsi.com.br/wp-content/uploads/2018/04/artigo-miriam-clinica-politica.pdf. Acesso em: 12 out. 2020.

ROSA, M. D. Uma escuta psicanalítica das *vidas secas*. *Textura: Revista de Psicanálise*, São Paulo, v. 2, n. 2, p. 42-46, 2002.

SEKYI-OTU, A. *Fanon's Dialectic of Experience*. Cambridge, MA: Harvard University Press, 1996.

SHARPLEY-WHITING, D. T. *Frantz Fanon:* Conflicts and Feminisms. Lanham: Rowman & Littlefield, 1997.

SPIVAK, G. C. Can the Subaltern Speak? *In: The Post Colonial Studies Reader.* (Edited by ASHCROF, B; GRIFFITHS, G.; TIFFIN, H.) London and New York: Routledge, 1995.

YOUNG, L. Missing Persons: "Fantasing Black Women in *Black Skin, White Masks*." *In:* READ, A. (org.). *The Fact of Blackness:* Frantz Fanon and Visual Representation. Institut of Contemporay Arts: London, 1996.

CAPÍTULO 10

Saúde Mental, Racismo e Serviço Social: diálogos necessários*

Rachel Gouveia Passos

O presente capítulo é fruto da exposição ministrada no *Curso Live Movimentos Antirracistas, Marxismo e Serviço Social,* organizado pela Cortez Editora; pelo Curso de Serviço Social e o Programa de Pós-Graduação em Serviço Social e Políticas Sociais, da Universidade Federal de São Paulo (PPGSSPS/UNIFESP); pela Coordenação de Capacitação Continuada da Escola de Serviço Social, da Universidade Federal do Rio de Janeiro (ESS/UFRJ); e pelo Núcleo de Pesquisa Carolina Maria de Jesus, da Faculdade Paulista de Serviço Social (FAPSS). O ponto central a ser desenvolvido aqui será o diálogo entre saúde mental, em uma perspectiva antirracista, e o Serviço Social. Para

* Agradeço imensamente a Jessica Silva pela transcrição da aula, ocorrida em 19 ago. 2020 e transmitida pelo canal do Youtube da Cortez Editora: https://youtu.be/3dKLvKxbJMc.

tanto, apresentaremos alguns elementos já desenvolvidos em estudos anteriores (Passos, 2017; 2018; 2019).

Temos direcionado as reflexões e pesquisas a partir da interlocução promovida pela inserção e participação na construção do Movimento Nacional da Luta Antimanicomial (MNLA) e do Núcleo Estadual da Luta Antimanicomial (NEMLA/RJ)[1]. O diálogo no interior desses grupos promove maior vivência com as tensões geradas ao longo do processo de efetivação da Reforma Psiquiátrica e da Luta Antimanicomial brasileira. Portanto, isso nos possibilita acessar o que vem acontecendo no interior do campo da saúde mental, nos projetos em disputa e na localização do Serviço Social nesse processo.

Nesse sentido, organizamos a presente exposição em dois momentos. No primeiro, apresentaremos subsídios que entrelaçam as bases do manicômio com o racismo reproduzido na sociabilidade capitalista e suas expressões na realidade brasileira. Em seguida, no segundo momento, serão apresentados elementos que entrelaçam Serviço Social, saúde mental e Luta Antirracista. Destacaremos alguns desafios que permeiam o trabalho da assistente social.

Racializando o sofrimento

Iniciamos destacando um ponto-chave para a compreensão da saúde mental: as tensões e disputas no interior do campo da saúde mental e atenção psicossocial (Passos, 2017). Existem diferentes projetos disputando as narrativas, a produção acadêmica e política do campo da saúde mental e atenção psicossocial. Particularmente, localizamos o manicômio e sua lógica — isolamento, internação, centralidade do poder e saber médico — como componentes estruturantes do capitalismo e, por isso, atravessado pelas relações de gênero, raça e classe estabelecidas por esse sistema.

1. Para maior aprofundamento sobre o tema, buscar Martins *et al.* (2017).

O manicômio é funcional para o capitalismo e sua reprodução, sendo instituído na modernidade. Estamos falando sobre a construção de uma concepção de loucura forjada na Revolução Francesa (Amarante, 2007) e que precisamos compreender seu ponto de partida. Além disso, o manicômio cumpre a função social de conter corpos e subjetividades considerados desviantes, que pode diversificar as estratégias de acordo com as mudanças sociais, políticas, culturais e econômicas.

Pereira e Passos (2019) propõem um diálogo entre Franco Basaglia e Angela Davis para identificar a relação entre manicômio, prisões e instituições de medida socioeducativa, e compreendem que essas instituições são como um tripé de sustentação da sociedade capitalista. Diante disso, podemos dizer que tais instituições existem para realizarem a contenção de corpos e subjetividades, por meio do braço penal, curativo ou assistencial do Estado. As estratégias e as bases desse tripé encontram-se no isolamento, controle dos corpos e subjetividades e promoção da violência. Destacamos que Basaglia (2005) as denomina como "instituições da violência".

Fanon (2015), em *Os condenados da terra*, apresenta a violência como um instrumento de linguagem. Sendo uma tática para a reprodução da dominação e submissão, torna-se necessário naturalizar o perigo e a violência constituídos simbolicamente sobre os corpos e subjetividades, em especial de homens e mulheres negros e negras, como podemos identificar nas concepções de crioulo doido e nega maluca (David; Valentin, 2020). Portanto, a experiência de existir pessoa negra é marcada pela construção social da noção de loucura (Passos, 2018) e de periculosidade (Goés, 2016) e, por isso, precisa ser institucionalizado.

Já em *Pele negra, máscaras brancas*, Fanon (2008) trabalha com a noção de *ser* e *não ser*, para tratar do processo de desumanização da existência negra. A noção de *ser* contrapõe-se ao *não ser*, ou seja, tudo que é oposto ao *ser* está localizado na zona do *não ser*, portanto, pode e deve ser exterminado.

As estratégias de extermínio podem ocorrer de diferentes maneiras e o manicômio faz parte do rol de instituições que promove o controle dos corpos e subjetividades. O extermínio pode ocorrer por meio da mortificação do *eu*, conforme Goffman (2008) apresenta nas experiências das instituições totais. O isolamento e a institucionalização promovem morte subjetiva, o aniquilamento do desejo, a dilaceração dos corpos e das características individuais. Sugiro a leitura de *Manicômios, prisões e conventos* para que se possa entender os impactos promovidos pela institucionalização, que não ocorrem apenas nos manicômios, nas prisões e nas instituições de medida socioeducativa, mas são atualizados nos abrigos alocados na política de assistência social que também geram a mortificação do *eu* e atualizam práticas manicomiais.

Quantas instituições de abrigamento acionam, inclusive, a Psiquiatria para conter os corpos e subjetividades que não respondem à lógica institucional? Ou seja, temos o acionamento do saber/poder psiquiátrico para enquadrar o comportamento desviante, quase sempre patologizado, psiquiatrizado e medicalizado (Arruda; Passos, 2017). Aqui não estamos negando a importância do uso da medicação e do acompanhamento com psiquiatra, porém, problematizo a medicalização da existência, ou seja, o acionamento do saber médico como resposta central para os processos que se dão na vida, relacionados às relações sociais, culturais, políticas, éticas, morais e econômicas. A pesquisa da professora Jalusa Arruda (2017) serve como exemplo. A autora estuda as experiências de adolescentes que cumprem medidas socioeducativas em Salvador e demostra o quanto a psiquiatria é convocada para silenciar existências consideradas desviantes, em destaque, as vidas negras.

Outra questão que merece destaque diz respeito ao tombamento dos corpos e à produção da morte. Além da mortificação do *eu*, provocada pelo processo de institucionalização, também trabalhamos com a noção de tombamento dos corpos a partir da relação com o extermínio, como podemos identificar no assassinato da vereadora

Marielle Franco. Há, ainda, a questão do dilaceramento da imagem do negro e da negra pós-morte. Não basta produzir morte subjetiva e tombar o corpo, no pós-morte ocorre o dilaceramento da imagem daquele(a) negro ou negra, como ocorreu a difamação de Marielle Franco, ou na justificativa dos assassinatos de jovens negros, periféricos, favelados, os quais são sempre colocados no lugar de criminosos. Isso é dilacerar a imagem social e encarnar novamente a ideia de que os negros são perigosos.

Nesse sentido, torna-se fundamental convocar o Serviço Social para problematizar o quanto a profissão tem sido convocada para reproduzir a violência, o isolamento e a contenção de corpos e subjetividades. Será que, como operadoras(es) das políticas públicas, tem sido identificado a reprodução dessa lógica? A postura tem sido da isenção ou da oposição? Reproduzimos sem problematizar? Produzimos ações contra-hegemônica em defesa da vida?

Serviço Social, Saúde Mental e Luta Antirracista: uma relação necessária

Primeiramente, quero sinalizar que o Serviço Social compreendeu por muito tempo que saúde mental se refere ao tratamento, meramente, da subjetividade, a partir do subjetivismo, e reduziu o debate às categorias psis (psicologia, psiquiatria, psicanálise). Na verdade, debater sobre subjetividade é também e, talvez, fundamentalmente abordar a categoria trabalho, compreender a conexão materialista entre os seres humanos e identificar que por meio da sociabilidade são forjados as subjetividades e os modos de subjetivação. Nesse sentido, não há um descolamento entre subjetividade e sociabilidade. Portanto, torna-se necessário disputar o campo da saúde mental, não restringindo o debate da subjetividade a uma perspectiva subjetivista e individualista, uma vez que são poucas as produções teóricas que abordam a saúde mental na perspectiva marxista[2].

Um segundo ponto diz respeito às bases ético-políticas da Reforma Psiquiátrica brasileira e da Luta Antimanicomial. É importante sinalizar que a Reforma Psiquiátrica brasileira é a institucionalização das reivindicações da Luta Antimanicomial e a mudança do modelo assistencial e jurídico-legislativo. Podemos dizer que a Luta Antimanicomial está representada pela organização de coletivos, frentes, entidades que reivindicam a mudança do modelo assistencial por meio de instrumentos jurídicos e problematizam a sociabilidade capitalista como reprodutora da lógica manicomial. Entretanto, destaco que a Luta Antimanicomial está em disputa e identifico pelo menos três projetos: o projeto da Psiquiatria Tradicional, o projeto de Luta Antimanicomial que coaduna com o grande capital e o projeto de Luta Antimanicomial pautado em uma perspectiva radical, que recupera a influência de Basaglia, Fanon e os princípios da Carta de Bauru (1987) (Passos, 2017).

Nesse sentido, quais são os princípios éticos e políticos da Luta Antimanicomial e da Reforma Psiquiátrica Brasileira que dialogam com os princípios do Projeto ético-político do Serviço Social? Precisamos destacar que os princípios do Projeto ético-político do Serviço Social coadunam com o Projeto de Luta Antimanicomial pautado em ume perspectiva radical. Sinalizamos que sempre houve diálogo, entretanto, deixamos de disputar o interior do campo da saúde mental. Podemos dizer que os princípios comuns são: os Direitos Humanos, a Emancipação e a Liberdade (Passos, 2017).

O terceiro ponto diz respeito à disputa do campo da saúde mental frente à hegemonia dos saberes psis. Não dá mais para considerar as experiências do sofrimento apenas às explicações e

---

2. Aproveitamos para indicar o artigo "Trabalho, cuidado e sociabilidade: contribuições marxianas para o debate contemporâneo", publicado na *Revista Serviço Social & Sociedade*. Ver: Passos (2016).

ciências psis, sendo necessário um diálogo que parta da totalidade da vida social. A própria psicanálise já está se abrindo e procurando dialogar, por isso podemos e devemos construir alianças para disputar esse debate, sem reduzir o sofrimento a experiência individual, mas compreendendo que está vinculado às relações sociais e ao próprio capitalismo.

O quarto ponto diz respeito à necessidade de maior articulação e aproximação da Luta Antimanicomial com a Luta Antirracista. A Luta Antimanicomial tem princípios antirracistas e isso deu-se pela influência de Fanon no pensamento de Basaglia, que foi apagado aqui no Brasil (Passos, 2018; 2019). Entretanto, alguns elementos aparecem na Carta de Bauru (1987), como a reivindicação contra a desigualdade social, o racismo, o machismo, a LGBTfobia, a institucionalização de crianças e adolescentes, o encarceramento, entre outras. Podemos dizer que o Serviço Social tem uma contribuição extremamente relevante para promover o fortalecimento dessa articulação entre a Luta Antirracista e a Luta Antimanicomial.

Em quinto lugar, é necessário afirmar o lema *Por uma sociedade sem manicômios* e o projeto societário de transformação radical. Todo esse debate aciona o Serviço Social para afirmar os princípios do projeto ético-político, a luta por uma sociedade sem manicômios e a Luta Antirracista. Reivindicar uma sociedade sem manicômios representa defender a superação do capitalismo, das opressões/explorações e de toda a violência estrutural.

Algumas considerações

Trazemos algumas ponderações para pensarmos a produção do sofrimento e do adoecimento psíquico da população negra no Brasil. Para abordar os impactos do racismo na subjetividade negra e as respostas dos movimentos da Luta Antimanicomial, por exemplo, para as causas do sofrimento. Daí a importância da saúde mental como política.

Os impactos do racismo na saúde mental da população negra não se dão apenas na constituição da subjetividade. O racismo estrutural ocasiona severas consequências sobre a saúde psíquica e física, dentre elas os problemas de saúde considerados evitáveis e que são apagados no campo da saúde mental. Quando a pessoa recebe um diagnóstico psiquiátrico, ela é completamente reduzida à experiência do sofrimento psíquico grave e o restante da existência é negado. É muito importante problematizarmos, principalmente no campo da saúde mental, que essa redução da experiência do sofrimento psíquico faz parte do processo de desumanização da população negra.

Temos destacado as condições de alimentação da população negra que leva ao adoecimento, como: cardiopatia, diabetes, entre outras doenças evitáveis. O que é a cesta básica no país? Ela possui praticamente sal, açúcar e farinha branca. Podemos dizer que representa uma política de extermínio, já que uma alimentação inadequada leva ao adoecimento e, consequentemente, à morte. Além de uma alimentação que aniquila é experimentado por essa população o não acesso ao saneamento básico, à educação, à saúde, à habitação etc. Portanto, a morte está sempre sendo apresentada como possibilidade concreta e real para a população negra.

Dito isso, precisamos localizar quanto o Serviço Social está sendo acionado para operacionalizar a política morte. Se o racismo e a violência são estruturantes e estruturais, logo, as ações do Estado e suas políticas afirmam estratégias de morte e aniquilação. Sendo assim, temos o compromisso de pensarmos quais são os direitos disponibilizados para a população negra. Sabemos que o direito à vida não é um deles, mas, sim, o extermínio. Logo, acionamos Thula Pires (2020) para perguntarmos: Os Direitos Humanos são viabilizados para qual humanidade? Não é a "humanidade" que está destinada à população negra, já que estamos na zona do não *ser* (Fanon, 2008).

Referências

AMARANTE, P. *Saúde mental e atenção psicossocial.* Rio de Janeiro: Editora Fiocruz, 2007.

ARRUDA, J. Medicalização e controle dos corpos femininos na execução da medida socioeducativa de internação. *In:* PEREIRA, M. O.; PASSOS, R. G. *Luta Antimanicomial e feminismos:* discussões de gênero, raça e classe para a Reforma Psiquiátrica brasileira. Rio de Janeiro: Editora Autografia, 2017.

ARRUDA, J.; PASSOS, R. G. O caso de Antônia e a medicalização do corpo lésbico numa instituição de atendimento socioeducativo. *Revista Interfaces Científicas — Humanas e Sociais,* Aracaju, v. 6, n. 2, out. 2017.

BASAGLIA, F.; BASAGLIA, F. *Los crímenes de la paz:* investigación sobre los intelectuales y los técnicos como servidores de la opresión. México: Siglo Veintiuno Editores, 1977.

BASAGLIA, F. *A psiquiatria alternativa:* contra o pessimismo da razão, o otimismo da prática. São Paulo: Brasil Debates, 1979.

BASAGLIA, F. *A instituição negada.* 3. ed. Rio de Janeiro: Graal, 1985.

DAVID, E. C.; VICENTIN, M. C. G. Nem crioulo doido nem negra maluca: por um aquilombamento da Reforma Psiquiátrica Brasileira. *Revista Saúde em Debate,* Rio de Janeiro, v. 44, n. Especial 3, out. 2020.

FANON, F. *Pele negra, máscaras brancas.* Salvador: Editora UFBA, 2008.

FANON, F. *Os condenados da terra.* Juiz de Fora: Editora UFJF, 2015. (3ª reimpressão)

GOÉS, L. *A "tradução" do Lombroso na Obra de Nina Rodrigues:* o racismo como base estruturante da criminologia brasileira. Rio de Janeiro: Editora Revan, 2017.

GOFFMAN, E. *Manicômios, prisões e conventos.* São Paulo: Perspectiva, 2008.

MARTINS, B. A. *et al.* (Ainda) Por uma sociedade sem manicômios: experiências do Núcleo Estadual da Luta Antimanicomial do Rio de Janeiro. *Revista O Social em Questão,* Rio de Janeiro, n. 37, ano 20, jan./abr. 2017.

PASSOS, R. G. Frantz Fanon, Reforma Psiquiátrica e Luta Antimanicomial no Brasil: o que escapou desse processo? *Revista Sociedade em Debate,* Pelotas, v. 25, n. 3, set./dez. 2019.

PASSOS, R. G. Holocausto ou Navio Negreiro? Inquietações para a Reforma Psiquiátrica brasileira. *Revista Argumentum,* Vitória, v. 10, n. 3, set./dez. 2018.

PASSOS, R. G. Luta Antimanicomial no cenário contemporâneo: desafios atuais frente a reação conservadora. *Revista Sociedade em Debate,* Pelotas, v. 23, n. 2, jul./dez. 2017.

PASSOS, R. G. Trabalho, cuidado e sociabilidade: contribuições marxianas para o debate contemporâneo. *Revista Serviço Social & Sociedade,* São Paulo, n. 126, p. 281-301, 2016.

PEREIRA, M. O.; PASSOS, R. G. Luta Antimanicomial e Feminismos: manicomializações, Estado e racismo. *In:* PEREIRA, M. O.; PASSOS, R. G. *Luta Antimanicomial e Feminismos:* inquietações e resistências. Rio de Janeiro: Editora Autografia, 2019.

PEREIRA, M. O.; PASSOS, R. G. *Luta Antimanicomial e feminismos:* discussões de gênero, raça e classe para a Reforma Psiquiátrica brasileira. Rio de Janeiro: Editora Autografia, 2017.

PIRES, T. Por uma concepção amefricana dos direitos humanos. *In:* HOLLANDA, H. B. (org.). *Pensamento feminista hoje:* perspectivas decoloniais. Rio de Janeiro: Bazar do Tempo, 2020.

Sobre os[as] autores[as]

ALEXANDRE DA SILVA — Doutor em Saúde Pública pela Universidade de São Paulo (FSP-USP). Professor Adjunto da Faculdade de Medicina de Jundiaí (FMJ) — Departamento de Saúde Coletiva. Mestre em Reabilitação pela Universidade Federal de São Paulo (Unifesp). Especialista em Gerontologia pela Universidade Federal de São Paulo (Unifesp). Membro dos Grupos Temáticos GT Racismo e Saúde e GT Envelhecimento e Saúde Coletiva da Associação Brasileira de Saúde Coletiva (Abrasco). Membro Focal sobre Iniquidades e Desigualdades Raciais e de Gênero do Centro Internacional de Longevidade (ILC-Brasil). E-mail: alexandre.geronto@gmail.com

ANA PAULA PROCOPIO DA SILVA — Assistente Social e Psicóloga. Doutora em Serviço Social. Professora adjunta da Faculdade de Serviço Social da Universidade do Estado do Rio de Janeiro (UERJ). Coordenadora do Programa de Estudos e Debates dos Povos Africanos e Afro-americanos (PROAFRO-UERJ). Pesquisadora integrante do Centro de Estudos Octavio Ianni (FSS/UERJ). Coordenadora da Residência Multiprofissional em Saúde Mental da UERJ. E-mail: anapaulaprocopio@yahoo.com.br

DEIVISON MENDES FAUSTINO — Sociólogo. Doutor em Sociologia. Docente do Programa de Pós-Graduação em Serviço Social e Políticas Sociais da Universidade Federal de São Paulo (UNIFESP); co-coordenador do Núcleo de Estudos Reflexos de Palmares. Integrante do Instituto Amma Psique e Negritude. E-mail: sdeivison@hotmail.com

JUSSARA FRANCISCA DE ASSIS DOS SANTOS — Assistente Social. Docente da Escola de Serviço Social da Universidade Federal Fluminense (UFF/Niterói). Integrante do Núcleo de Ensino, Pesquisa e Extensão Serviço Social e Saúde (NUEPESS/UFF). Conselheira do Conselho Regional de Serviço Social do Rio de Janeiro, 7ª Região. Consultora/Assessora sobre Mortalidade Materna, Saúde da Mulher e Raça/Cor no Projeto Parto Adequado/Abraço de Mãe (Institute for Healthcare Improvement). E-mail: lfjussara2015@gmail.com

LUCIANA ALVES — Pedagoga. Mestre em Educação pela Universidade de São Paulo (USP); Doutoranda em Educação pela Universidade Estadual de Campinas (UNICAMP); Diretora de escola na Universidade Federal de São Paulo (UNIFESP). Consultora em Educação para as Relações Étnico-raciais no Centro de estudos das relações de trabalho e desigualdade (CEERT). E-mail: luciana.alves@unifesp.br

MÁRCIA CAMPOS EURICO — Assistente Social. Doutora em Serviço Social. Professora Adjunta do Curso Serviço Social e do Programa de Pós-Graduação em Serviço Social e Políticas Sociais da Universidade Federal de São Paulo, campus Baixada Santista. Coordenadora da ênfase de Relações Étnico-Raciais e Desigualdades/Antirracismo e Serviço Social, que integra o GTP Serviço Social, Relações de Exploração e Opressão, Gênero, Raça/etnia e Sexualidades ABEPSS — Biênio 2019-2020. E-mail: marcia.eurico@unifesp.br

MARIA LIDUÍNA DE OLIVEIRA E SILVA — Assistente Social. Doutora em Serviço Social. Coordenadora do Programa de Pós-Graduação em Serviço Social e Políticas Sociais e docente do curso de Serviço Social da

UNIFESP. Coordenadora, na mesma instituição, do Grupo de Estudos, Pesquisa e Extensão sobre Crianças, Adolescentes e Famílias (CGAF). Assessora editorial da área de Serviço Social da Cortez Editora. Coordenadora Nacional de Pós-Graduação da ABEPSS, gestão 2021-2022: *Aqui se respira luta!* E-mail: liduoliveira90@gmail.com

NÚBIA REGINA MOREIRA — Cientista Social. Doutora em Sociologia. Professora Titular da Universidade Estadual do Sudoeste da Bahia (UESB) e docente permanente do Mestrado em Educação da Universidade do Sudoeste da Bahia (UESB). Líder do grupo de Pesquisa Observatório de Mulheres Negras (UESB). Pesquisadora do Grupo de Estudos e Pesquisa em Práticas Curriculares e Educativas (GEPPCE-UESB). E-mail: nrmoreira2@yahoo.com.br

RACHEL GOUVEIA PASSOS — Assistente Social. Doutora em Serviço Social. Professora Adjunta da Escola de Serviço Social da Universidade Federal do Rio de Janeiro. Colaboradora do Programa de Pós-Graduação em Política Social da Universidade Federal Fluminense. Co-coordenadora do Projeto de Pesquisa e Extensão Luta Antimanicomial e Feminismos e Co-coordenadora do Projeto de Pesquisa e Extensão Encruzilhadas: diálogos antirracistas. E-mail: rachel.gouveia@gmail.com

RENATA GONÇALVES — Assistente Social. Doutora em Ciências Sociais. Vice-coordenadora do Programa de Pós-Graduação em Serviço Social e Políticas Sociais. Docente do curso de Serviço Social da Universidade Federal de São Paulo, campus Baixada Santista. Co-coordenadora, na mesma instituição, do Núcleo de Estudos Heleieth Saffioti e do Núcleo de Estudos Reflexos de Palmares. Coordenadora do Núcleo de Estudos Afro-Brasileiros (NEAB-Unifesp). Coordenadora do projeto de pesquisa e extensão Intelectuais Negras Brasileiras. Coordenadora da Regional Sul II de Pós-Graduação da ABEPSS, gestão 2021-2022: *Aqui se respira luta!* E-mail: renata.goncalves25@unifesp.br

TEREZA CRISTINA SANTOS MARTINS — Assistente Social. Doutora em Serviço Social. Professora Associada do Departamento de Serviço Social da Universidade Federal de Sergipe. Coordenadora do Grupo de Estudos e Pesquisas em Questão Social, Trabalho e Movimentos Sociais. E-mail: trzamartins@gmail.com

WEBER LOPES GÓES — Historiador. Doutorando em Ciências Humanas e Sociais pela Universidade Federal do ABC e bolsista da Coordenação de Aperfeiçoamento de Pessoal de Nível Superior (CAPES). Pesquisador do Centro de Estudos Periféricos (CEP) da Universidade Federal de São Paulo. Professor do Curso de Serviço Social da Faculdade de Mauá (FAMA). E-mail: wafrican@hotmail.com